リュウキュウアカショウビンが鳴くころに

搭乗前に預けた荷物を待つ人たちの間をすり抜けて、一瞬躊躇《ちゅうちょ》する。この自動ドアを一度出てしまうと、空港の保安上、後戻りができない。

忘れ物はないよな？　ズボンの後ポケットに手をやり、二つ折りの財布の膨らみを確認する。大丈夫。荷物も全て自分で背負っている。

近頃は修学旅行生までキャリーバッグが主流となり、突然の方向転換や立ち止まりに注意を払わなければ、ぶつかりそうになる。ここまで来て、目の前の障害物を避けながら進まなければいけないことに辟易《へきえき》するが、もうしばらくの辛抱だ。

出迎えの旅行会社やレンタカー会社の旗やプレートを持った人たちの横を抜け、エスカレーター横のソファまでたどり着いた。ドサリとリュックを下ろし、腰を掛ける。靴を脱ぎ、靴下のつま先を引っ張るようにして脱ぎ捨てた。親指をモゾモゾと動かすと、ビーチサンダルはしっくりなじんだ。靴下を拾い上げ、まるめてリュックに詰め込む。

「ふぅ……」

思わず息をつく。脱出成功。

といっても正規の休暇だし、秘密でもない。ただ、いつも到着したこの空港で素足になった瞬間、なんとか逃げ切ったと安堵するのだ。

今回も溺れずになんとか泳ぎ切った。例えていうなら、海面に突き出た岩は、放り出された海で命綱になる。体力と精神を疲弊させ、ジタバタともがきながら、何とかたどり着く。泳ぎが得意じゃないのだから、死に物狂いで次の岩まで進むしかない。そんな岩にたどり着いて一息ついた瞬間と、今、靴下を脱いでビーチサンダルに履き替えた瞬間が重なる。次の休みまでと、気力をつないできたのだった。

早めに手荷物検査を受け、搭乗口へ向かう。航空券の搭乗口の番号を確認しようとするが、このところ手元の文字が見えにくい。若干、離し気味にしてピントを合わせるが、それを認めるにはまだ早いと思いたい。

那覇空港は今回、乗り継ぎだった。窓辺に飾られた色鮮やかなランの花の向こうに、飛行機が見えるいつもの風景。オートウォークの横の通路を歩きながら、そういえばと、高校の修学旅行を思い出す。田舎育ちの純朴な高校生たちは、その動く歩道が珍しくて「芸能人みたいだ」と、はしゃいで写真を撮り合った。帰国した芸能人がマスコミに追われるシーンを再現して、笑い転げた。そんな高校生もやがて社会人となり、正しく結婚し、正しく親にもなっている。友だちの中には高校球児の息子もいたりして、同窓会で会うと、父親の顔で自慢しているのを、不思議な感覚で眺めた。まるで他人事で、想像すらできない。なんとなく社会人にはなったものの、それ以上の正しさを避けてきた。一時期は親戚もなにかと世話を焼こうとしてくれたけど、まるでその気のない態度に、諦めたらしい。自分自身では早い時期に悟った気がする。誰かを一生守る勇気も自信もなく、覚悟も決められなかった。自分ひとりだけでも泳ぐのは精いっぱいなのに。誰かを背負って泳ぐのは無理なはなしだ。

とにかく今は、行きたい方向につま先が向いている感覚が心地よい。常につきまとう世間と自分との違和感、今いる場所の居心地の悪さに戸惑いながらも生きている。本当にこっちでいい？　入試のときも、就活の時期も、内定を手にしたときも、入社式の日も、そして今に至るまで、この方向でいいのか迷っている感じがぬぐえない。体とつま先の向きがずれている不安定さ。四十にして惑わず……その域に達するとは到底、思えなかった。今更、向いてないとぼやいたところで、甘ったれるなと一蹴され、いつもの場所に引き戻されてしまう。適正や能力に自信もなく、中間管理職の立場での本音と建て前の使い分けにもうんざりしてしまう。そもそも、組織の一員でいること自体、窮屈だと感じるのは、学生のころからだった。とりあえず、しばしの脱出、解放されよう。

昨晩、帰宅が遅かった。会社を出たところで、声を掛けられたのだ。明日朝早いからと、断れないこともなかったが、極力、誘いは断らないことにしている。同期の二人とは部署は違うが、顔を合わせると飲みに行く関係が続いている。「明日から島だろ？」知ってて誘う遠慮のなさが、こちらも気が楽だった。なじみの居酒屋は個室で、他の客を気にしなくていい。今回の話題は、残業でここにはいない同期のひとりが部長昇進し、羨望ともやっかみともとれる発言で、もちきりだった。薬指にはめられた輪っかのせいかもしれない。家のローンや子どもの学費、互いの親の介護の心配もある。収入は多いほうがいいだろうし、昇格を望むのは自然な感覚ともいえる。こちら側とあちら側を常に見極めようとする癖がある。会社の同僚のくくりとしては、この友人たちはこちら側だろう。でも、正しく結婚し家族を持ち、家庭を築いている点ではあちら側になる。ヒートアップするふたりの会話に「ふーん」としか言いようがない自分を分析する。まず、なるほどあいつならと納得し、素直に称賛する。新入社員の頃から、目立っていたし、努力をしていたのも知っている。本人も上昇志向を隠さず、順調に昇格していった。うらやましい？　いや、負け惜しみではなくそれはない。ただ、この気持ちのざわつきは何だろう？　会社組織の中で、完全にあちら側になるであろうことが、なんとなく淋しい……といったところか。自分はこちら側にいて、そもそも、勝った、負けたの土俵にも立っていない気がする。時折、どうしてここにいるのだろうとさえ思う。

少しまどろんでいる間に、飛行機が着陸体勢に入ったことを告げる機内アナウンスが流れた。島に通い始めの頃は、眠ることすら惜しく、外の景色を眺めていた。上空から見える小さな島のまわりの珊瑚礁、その色に息をのみ、外洋のさざ波に、イルカやジュゴンではないかと目を凝らした。雲の影が海面を流れる。冬場なら、ザトウクジラではないかと息継ぎのブローを探す。いつも窓際を希望した。でも、何度も足を運べば慣れてくる。人間とはそういうものだから、「初」をことさら重要視するのかもしれない。

新空港は以前の空港に比べて、離島ターミナルが遠くなった。空港を当初は海に造る計画で反対運動が起こっていた。観光客が増加し、今までの空港が手狭になったせいで、観光資源でもあり、なによりあまたの命を育む海を埋め立てようとしていた。反対を唱えながら……といっても何をするでもなく、傍観するだけではあるが、自分も増えた観光客の一人として空港を利用する矛盾にバツの悪さを感じながら、これと似た図式はいくらでもあり、何かにつけて居心地が悪い。罪悪感を軽減するために誰にともなく言い訳をし、強引に正当化し、ごまかしながら生きている。

空港から外にでると、日差しのまぶしさに目をしばたたいた。高台にあるそこからは、海が一望できる。新空港は、ぱいぬ島石垣空港と名前がついた。ぱいぬ……沖縄の言葉、うちなーぐちを、南の……と訳しながら、南の島に降り立ったことを実感する。いつもと変わらない美ら海。あの海を埋め立てないだけよかったのか……高台に造るにも問題はあり、赤土流出も懸念されたと聞く。観光業で成り立つ島の葛藤と苦悩の末、今自分はここにいる。外に出てきた団体客が、その海を見て歓声をあげた。

荷物を待たなくていいので、一足先にバスに乗り込んだ。いずれにしても、荷物待ちの観光客を待つことになり、いつもながら効きすぎたクーラーの車内で、大きなキャリーバッグを抱えて乗り込んでくる人で満席になるまで待った。

旅の日程が決まれば、往復の航空券と一泊の宿の格安パックを探し、延泊は安い民宿をガイドブックで探す。このネット時代にと笑われても、紙の媒体のほうがしっくりくる。ただ、電話予約はかなりの確率でとれてなかったり、ブッキングしたりとハプニングは起こるけれど、それはそれでおもしろがる余裕がある。寝袋持参でどうにかなるのだ。

旅行会社で手続きをするとき、「おひとりさまですか?」と悪気なく聞かれる。この少子高齢化時代に、どこか責められているような、罪悪感をおぼえもするが、もはや、この気ままさを手放すことはできず、なにより、どうしても自分の家庭や家族を想像できなかった。次の世代に託すほど、未来に希望が持てない。この選択が間違いではないことを、毎夜のニュースで確信する。こんな地球、こんな社会で、守るべきものを守りきる自信がない。自分の遺伝子を受け継いだ子が、さらに生きづらくなるであろう未来を生き抜く術を持ち得るだろうかと、心配でたまらない。なにかと言い訳ばかりだが、このあたりも適正や能力に自信がない。未来を繋ぐ努力を放棄していることを、責められている気がして、おひとりさまと言われると肩身が狭い。

翌日のために、宿を離島ターミナルの近くにとっていた。どこの島に行くかはまだ決めかねていること自体が楽しい、ひとり旅の醍醐味だろう。八重山の島々に渡る出発点が、石垣島の離島ターミナルになる。

バスを降りて宿に着くと、いったんチェックインを済ませ、荷物を部屋に置いて出かけることにする。まだ、間に合うかもしれない。

バスターミナルで路線図を確認し、すぐに入ってきたバスに乗った。島の西側を目指す。車内には数名しかいなくて、みんな島の人のようだった。島の人……しまんちゅと、今度はうちなーぐちにしてみる。運転手と常連さんが会話をしていて、マイクをつけたままなので、内容がすべて聞こえていた。のどかな世間話を聞きながら、そこはかとなく優しい気持ちでバスに揺られた。

このあたりかなと、目星をつけたところで、ブザーを鳴らした。会話を中断させたことを申し訳なく思いながら、軽く会釈をしてバスを降りた。窓をコツコツと叩く音がして、見上げると何か話しかけてくる。バスのエンジン音で聞き取れなかったが、とりあえず、二度ほど頷いてみた。島人は日に焼けた顔をほころばせ、軽く手をあげたので、笑顔で手を振り返した。動き出したバスを見送りながら、あたたかい気持ちになる。今は、ここでは、愛想笑いじゃなくていい。

細い道を下り、砂浜に出た。モンパノキの下にちょうどいい具合に転がっていた流木に腰を掛ける。海から生えたようなヒルギのシルエットが、島の夕暮れを美しく演出する。タコの足のようなヤエヤマヒルギ。マングローブを形成するヒルギの種類。波うち際で、サンゴのかけらが波に転がされ、シャラシャラと音を立てた。ヤドカリが夕日に照らされ歩いている。例えば、この景色を見せたいと想う人……とっさに思いつかないが、全くいないというわけではなく、ただ誰なのかを思い出せなかった。昔、誰かと夕暮れの海にいたぼんやりとした記憶……

「ちょっと、きれいよ、きれい」

「やばい」

背後で声がした。突然のテリトリーの侵入者は二十代の女の子三人で、長い棒を使って写真を撮りながら、ひとしきりはしゃいだ後、慌《あわ》ただしく、たぶん「わ」ナンバーの車に戻り、走り去っていった。島の旅行の一シーンをカメラに収め、目的を達成したらしい。太陽が沈んだ後の、この空と海の色を見逃しているのに。

バス停に戻り、時刻表を見た。なんとなくそんな気がしないでもなかった。さっきバスを降りたとき、島人は、帰りのバスがないことを心配して声をかけてくれたらしいことに、今ごろ気づいた。島ではよくあるパターンで、行き当たりばったりで動いているとしばしば、こんな目にあう。こういうとき、おひとりさまでよかったと、ホッとする。誰も巻き込まないし、誰からも責められない。確認不足を謝罪しなくていいし、気まずい空気を面倒くさいと思わなくていい。六、七キロかな？　荷物を置いた後でよかったと、楽天的に考える。

それにしても、日が沈むと、島の闇は日常で感じることのない濃さで、慎重に歩き始めた。辛うじて見える車道と歩道の境の白線を頼りにするしかない。しかし、やがて目が慣れてくると、その夜空に圧倒される。星の数はどこでも変わらないはずなのに、目視できる星の数が人工的な灯りのある場所とない場所ではこんなにも違う。闇が濃い分、星や月の明るさが際立った。道沿いの木々の向こうは川のようで、隙間からゆらゆらと月を映した川面が見えた。正体不明の鳥や動物の声がする。気配がして見上げると大きな黒い影、ヤエヤマオオコウモリだと、興奮気味に目で追う。

海沿いの道はほぼ車通りが途絶えていて、逆に車が通った時の方が、必要以上に驚いてしまう。運転手も警戒するようで、かなり距離をとって追い越していった。こんな場所で出くわすヒトがお互い一番に避けるべき生きものなのかもしれない。

背後から自転車のベルの音がして振り向くと、少し上り坂のせいか、ライトを右に左に振りながら近づいてきていた。

「すみません、通ります」

大きく避けて追い抜いたのは、驚かせないための配慮とも、警戒しているともとれた。ずいぶん離れてから
「大丈夫ですか？」

と、声をかけてきた。自転車のライトが消えているから、声しか聞こえない。安全だと思われる距離は保っているようだ。こんな誰も通らない真っ暗な道ででくわす人間にはお互い関わりあいたくないが、手ぶらで歩いているのが気になったようで素通りできなかったらしい。女性なら、なおのこと警戒するはずだが、無類のおひとよしなのか、好奇心旺盛なひとなのか、何かハプニングでも？と、気になったようだった。

「大丈夫です。歩くの好きなんで」

なんだか間の抜けた返事をすると、闇の向こうでクスッと笑った。

「それなら、大丈夫ですね。気をつけて」

今度は下り坂のようで、ぐんぐん速度があがり、揺れるライトと整備の悪いブレーキのきしんだ音は遠のいて消えていった。

二時間ほど歩き、離島ターミナル付近まで戻ってきた。港周辺に宿や土産物屋が集中して

いるので、旅行客も旅人も集中する。どこの居酒屋も満席だった。コンビニでビールと弁当でも買って、宿に帰るしかないかと思いつつ入った数軒目で「ひとり」と一本指を立てると、カウンター席に案内された。

「生一つお願いします」

よく冷えた三ツ星マークの入ったジョッキが目の前に置かれ、白い泡を波立たせた。

足の小指の付け根あたりが、赤くなってヒリヒリする。ビーチサンダルで歩くには少し距離があり過ぎたようだ。

「おひとりさまですか？」

入口の扉が開いて、お客が入って来た。テーブルは満席だし、おひとりさまならカウンター席だろう。一席だけ空いていて、必然的にそこに案内するはずだ。右側は幸い壁だが、左隣の一席が空いている。さっき案内されたとき、二席空いていた壁際を迷わず選んだ。反射的に他人との距離をはかる。パーソナルスペースとかいうのだ。誰もが持つ、これ以上他人に踏み入ってほしくないスペース。なるべく広めにとりたいので、常に細心の注意をはらう。電車で座る場所、もしくは立ち位置。食堂や喫茶店で座る場所……他人と距離を置いた隅の、できれば壁を背にできるところ。後ろに他人が立つことも極度に苦手だ。ちなみに、「他人」を自分なりに定義づけると、好きでも嫌いでもない人、味方でも敵でもない人、あちら側の人だろうかと、行きかう人を眺めたりする。

「隣、いいですか？」

「どうぞ」

こころもち椅子を右にずらしながら、社会人の対応をする。近過ぎて居心地が悪いことが相手に伝わらないよう、日々、努力している。

「どうも」

こころもち椅子を左にずらしながら、その人は座った。互いのこころもち……のおかげで、許容の範囲の距離がなんとか保てた。

「生ください」

メニューを見ずに注文し、半ば凍ったおしぼりで手を拭いている。

「ひとりですか？」

隣は壁だし、テーブル席は少し離れている。どうやら、自分に声を掛けてきているようなので
「あ、はい」

慌てて返事をしてはみたものの、初対面の人間の間に起こりがちな沈黙がながれた。そもそも、会話が成立するには、ある程度相手に興味がなければ難しい。初対面の自己紹介なん

て、一瞬で忘れるし、次回会ったとき覚えている自信は全くない。初対面の気まずさは、まるで興味のないところから、話題を探さなければならない「間」のせいだ。そう考えると、毎日、名刺を交換しながら、かなり無理をしてその「間」の短縮に努めている。ただ、今は島にいて、ひとり旅という共通点があるのは救いだった。

「汗臭くないですか?」

慌ててTシャツの肩あたりを嗅いでみた。

「いや、いや、私。自転車で走りまわって、着替えてないもんで」

「いや、僕もずっと歩きっぱなしで、汗かいたから」

右横に立てかけられていたメニューを差し出しながら、話題を探す。彼女のほうが先だった。

「さっき、名蔵湾に夕日を見に行った帰り、真っ暗な道をひとりで歩いている人がいて、荷物も持っていない手ぶらだったから、追いはぎにでもあったんじゃないかと気になって……でも、あんな道で人間に会うのが一番びっくりするし、警戒しますね」

追いはぎって……いま時、あんまり耳にしないなと突っ込むには、まだ親しくなっていない。

「そういえば、自転車に追い抜かれました」

「やっぱり、そう？　そんな気がした」

旅人が港周辺を拠点にするとはいっても、居酒屋は何十軒もある。さっき、追い抜き、追い抜かれて、約束もしないのに再び出会う偶然に、さすがに驚いた。

各自が注文して運ばれてきた料理を、互いに「どうぞ」と勧めるタイミングが同じで「どうも」も重なった。大人の人見知りは社会人としての適性を欠くらしい。その自覚は充分にあり、そつなくこなす振りは、いつもかなり無理をしている。今日初めて会った人なのに、遠慮なく相手の皿に箸《はし》をのばすのは、自分でも驚くほど自然で、旧知の友と語らうみたいに肩の力が抜けていた。初対面の人間とふたりきりの空間がいつもみたいに、息苦しくない。

あちら側から、こちら側に来てくれた。

「島にはよく来ると？　ですか？」

ん？　と思う。島の旅人はリピーターが多い。例外ではなく、溺れる前にたどり着く必要があった。

「半期ごとに一週間休みがあるんで」

それより、気になることがあった。

「もしかして、九州？」

「えっ、なんでわかったと？」

「と」

「あ、そっか」

懐かしい感じはそのせいかとも思うが、以前に会った気がする。でも「前にどこかで会った？」なんて、使い古されたセリフを口にするのははばかれた。

「サラリーマンですよね？」

そう、会社という枠の中で、とりあえず安定した生活は送っている。雇われの身であることは事実だが、あたまから決めつけられるとなんとなくおもしろくない。旅なのに旅行と言われるような……答えあぐねていると、

「だって、ポケットから名刺でも出しそうな雰囲気が……」

向いてない仕事ながらも、どうやら、身に染みついているようだ。それなのに、職業欄に「会社員」と記入することにいまだに抵抗がある。制約されない、強制されない、縛られない自由業の対義語。守られているとは思う。税金や保険や年金などの煩瑣《はんさ》な手続きをすることもなく、手取りの金額で暮らせばいい。ただ、員とは組織に所属する人という意味があるはずだ。枠の中という感が否めない。

「九州のどこですか？」

話しているうちに、同じ町にいたことがわかった。彼女は今もそこで暮らしており、自分

は大学の四年間をそこで過ごした。数時間前に追い抜き、追い抜かれた二人が再び出会った偶然にも驚いたが、二十年以上前、同じ町で同じ海や山を見ていたなんて……駅や商店街のアーケードや、海岸線や山の稜線を鮮やかに思い出した。

「水族館」

思い出すのと、彼女がつぶやくのが同時だった。

「昔、水族館で出会った大学生と半日過ごしたのを思い出した。浜を歩いたり、そうそう、昼間なのに花火しようって言ったら、つきあってくれたな」

沖縄流におしぼりを四つに折り、コースター代わりにしている。少し物思いにふけるその横顔に見覚えがある。あのときも偶然に出会い、なんとなく一緒に過ごした半日を、しばらくのあいだふとした瞬間に思い出したりしていた。彼女が元気で幸せであればいいと、本気で願っていた。名前も連絡先も聞きそびれ、悔やみもしたのだ。海沿いのその駅を通過するたび、ホームにいたりしないかと探しもしたのだった。この視界のどこかに、生きているだけでいいと、自分を納得させていた。二十年の月日が、記憶のすみに追いやってはいたものの、消去はしていなかったらしい。

「一眼レフ持ってる？」

唐突な問いにも

「うん、好きなもんしか撮りきらんけど」

二十年前も同じことを言った。今、カメラはほぼデジタルだけど、そのころはまだ、フィルムを入れるタイプだった。そのフィルムが入ったところを指先でつつきながら、カメラを向けたとき、その被写体を自分が好きなのかそうではないのかがわかると、言った。海や空や上空を舞うトンビ、昔は辛うじて見かけた浜を歩く野良犬を撮っていた。彼女のカメラは敬意と愛情を表現する媒体なのだと、その被写体を一緒に目で追いながら思った。愛おしそうに、瞬《まばた》きをするようにシャッターを押していた。

一足先にこの奇跡的な状況が整理できて驚きはしたが、二十年前の出会いも、今日の再会、そして今の再々会も、偶然というより必然である気もする。さっき、名蔵湾の夕日を一緒に見たいと思ったのは、たぶん彼女だったのだ。

「真昼から花火するなんて、恥ずかしかったよ。絶対、怪しいやつら……」

「ん？ どういうこと？」

さすがに混乱しているようで、わかりやすく首を傾げ、まじまじと見つめてくる。いつもの癖で、ついと目をそらす。それで思い出したようだ。

「うそ？」

「こんばんは。二十年ぶり」

あらためて挨拶をする。

カウンターの中から「ラストオーダーですが」と声をかけられ、見回すと客もまばらになっていた。

「いやぁ、話しながら、デジャヴュって思ってた。声や話し方がどこか懐かしいような……えっー、こんなことってある？　わぁー、大きくなったね」

当時、自分は大学生で、すでに社会人だった彼女は、そのときも子ども扱いした。

外に出ると、アーケードの中の店はほとんどシャッターを下ろし、日中の賑わいとはうって変わって閑散としていた。

アーケードを出たところで
「泊まるとこ、こっち」

「私はあっち」

逆方向を指さした。二人とも少し黙り
「明日は……」

同時に言葉が重なった。お互い苦笑する。思考パターンが似ているのだ。沈黙の間、何を考えていたかの想像は、たぶん間違ってはいないはず。明日、どこの島に行くのか？　どうせなら、一緒に行く？　いや、ひとり旅を尊重すべきで、邪魔をしたら悪いかな？　あっさり、ひとりがいいと断られるのもバツが悪いし……とっさにそんなことを考えた自分と大差ないと思われる。

「一緒に行かん？」

「うん、行く」

「ひとりがいいんじゃない？」

「基本、誘いは断らないタイプ」

「そういえば、そうだった」

二十年前も水族館で「ここを出てどこか行かない？」と言われたとき、黙って頷いた。今回も断る理由も思いつかなかった。好奇心もあった。本当は、できれば彼女よりも先に誘いたかったのに、不甲斐ない。基本、誘いを断らないのは、こんな世の中でまたの機会が確実にあるとは思えないからだ。全てが千載一遇のチャンス、一緒にいたい相手なら、なんとか都合をつける。誘いを断ったばかりの後悔はしたくない。明日があるとは限らない。

「めったやたらに誘うわけじゃないとよ。なんでかな、嫌じゃない」

「なにが？」

「たぶん、一緒にいることが……どう？　嫌じゃないよね？」

再度、確認する。そう言えば、二人きりが苦痛じゃない。出会って間もない人はもとより、クラスメイトや同僚でさえ、二人きりになった瞬間、居心地の悪さにソワソワすることがある。たぶん自分にとってあちら側の他人なのだ。さらに、決して言葉数が多いほうではない自分にとって、何か会話をしなければならないという強迫観念は苦痛でしかない。ましてや、沈黙になるといたたまれない。ふたりきりに決してなりたくない、ふたりきりは避けたい、ふたりきりが耐えられる、ふたりきりが嫌じゃない、ふたりきりをむしろ好む、その感覚がバロメーターになる。自分の相手に対する好感度をはかることができる。嫌じゃない、むしろ……これは稀有に近い。

「あ、聞いていい？　結婚は？」

「してたら、こんなに自由にフラフラできんよ」

「確かに。じゃあ、気にしなくてもいいってことね。彼女は？」

肩をすくめてみせた。沈黙が不安にもならず、退屈だとも思われない、各自自由に過ごす、そんな理想のつきあいはなかなか理解されず、穏やかに過ごす時間は自分だけが居心地がいいだけで、たいてい相手は不機嫌になり、自然と疎遠になっていく。または、自分が無理をしすぎて疲れ果ててしまうパターンだ。それなら、最初からひとりの空間にひとりでいる時間を楽しむほうが、よほど気が楽だった。

「そっちは？」

不躾《ぶしつけ》かなとも思いつつ、かなり重要な要素ではある。

「一回してみたんだけどね、どうも向いてなかったみたい。人と暮らすの……」

リアクションに若干困りながら「ふーん」と神妙に頷く。内心はなぜか、ほっとしていて、なんの枷《かせ》もなく一緒にいていいことに安堵した。お互いこっち側の親近感も覚える。

「じゃあ、明日、離島ターミナルに八時集合でいい？」

左右に分かれ、あらためて不思議なことがあるものだと、思いめぐらせた。小さな島の、小さな居酒屋というピンポイントで、隣り合わせた奇跡。約束もせずに二十年のときを経て再会するなんて……

自分を示す一人称に社会人になってからの使いかたに悩む場面は、公私の私の方が多くある。公ではこそばゆいながらも、わたくしなどと言えばよい。四十はこんなところでも、悩ますのだ。私、俺、自分、僕、悩んだすえに、今後、ひらがなのぼくにする。タイムスリップしたみたいだ。

彼女とぼくはどこか似ていた。だから、おたがいひとりでいることも納得できる。向いていなかったという別離の理由がすべてを語っている気がする。自分自身と重ねて考えれば、その分析は容易だった。二十年前から、彼女も地球の未来を明るいものだとは考えていなかった。世の中の人間の大半は正しく、伴侶を見つけ家庭を築き子どもを産み育てる。それはどれほどの覚悟や勇気を要するだろう。友だちの結婚式に出席するたびに、怖気づいた。ただいまと言って、おかえりと迎えられる場面を想像してみる。恐怖でしかなく、そのまま後ずさりをしてドアを閉めそうだ。自分を守ることで精いっぱい。もし、この大切なものを守れなかった場面にでくわしたときの、後悔や絶望を想像しただけで、将来を誓うことは遠慮したいと思う。そんな場面は、わが身に起きないとは言い切れない地球環境であり、社会でもある。せめて自分を守るために、避けなければならない。

それに加えて、人と暮らす適正が欠如していることも自覚している。たぶん、無理をすると我慢する。平穏に暮らすために相手に合わせようと、最大限の努力をする。そして、それがやがて、面倒に感じて苦痛になってくるのが、目に見えている。ひとりを渇望するのだ。誰かといて、そう望むことは裏切りに等しい。決して嫌いになったわけではないのに、ひとりという解放を求める。その理解を相手に押し付けることはできない。おそらく、彼女も似たようなものだろうと想像する。

今日の宿はパックに含まれるホテルだから、ベッドの上には畳まれた浴衣とタオルがそろえられていた。いつもは気にもしない洗面台を確認して、ホッとした。歯ブラシと探していたT字のカミソリがある。二泊目からの民宿にはまずないから、助かった。いつものひとり旅の終わりには、真っ黒に日焼けして無精ひげのまま島をあとにする。野宿する場合もあるので、シャワーもできずに眠りにつくこともあるのだ。明日はいつもと違う島旅のはずだった。

待ち合わせのターミナルの中央入口から中に入り、左に進む。早く着きすぎたので、売店でコーヒーでも買おうかと思ったのだ。ところが、彼女はすでに来ていて、乗船券売場の時刻表を見ていた。とっさに顎をさすって剃り残しがないか確認する。別に意識しているわけではない。身だしなみは必要だ。Tシャツに七分丈のパンツ、ビーチサンダル……島ぞうりと言うべきか。リュックを背負い、島の旅人はどの島に行こうかと思案中だ。

ぼくはしばらく声をかけず、その様子を眺めた。ああ、そうか……と思う。二十年前から会いたかったのかもしれない。朝起きて、昨晩の居酒屋は夢だったんじゃないかと、不安になっていた。そこにいてくれたことに、心から安堵し歓喜した。

「あ、おはよ」

彼女がぼくに気づき、ぼくは満面の笑顔を必死で抑え、曖昧な笑顔にとどめた。どうしてこう、なにか格好をつけたがるのだろう。

ターミナルは八重山の島々に行くために、多くの人でごった返している。

「竹富島に行かん？」

「うん、竹富ね」

素直に従う。理由を聞く必要もないのは、ぼくはとっくに、彼女の気まぐれにとことん付き合う気でいたからだ。二十年前も唐突で気まぐれで、上りか下りかも決めずに先に来た電車に乗り、五百円で行けるところまでと切符を買い、車掌に怪訝な顔をされた。だいたい、真っ昼間に、浜で花火をしようという発想はぼくにはない。

乗船券を買いに行こうとすると

「もう、あるよ」

二枚の券を重ねてピラピラと動かして見せた。最初から「うん」と返ってくることを疑いもしていなかったようだ。ぼくは彼女に代金を払って、乗船券を受け取った。

竹富島は石垣から一番近く、便が一番多いためか、待つこともなく船はすぐに出て、十分ほどで着いた。ターミナル内の売店に気をとられていると、すでに集落へ向かうバスに乗り込もうとしていた彼女がおいでおいでと手招きをする。そういえば、大人になってから、手招きされることも、することもない。森の木が手招きするように、枝葉を揺らすさまを連想した。子どもの頃、よく、森に呼ばれた気がして、フラフラと山に入りかけた。高くまっすぐに伸びた竹の先端が風にしなり、サワサワと葉を揺らし、手招きをする。神隠しにあいそうな一歩手前で、臆病なぼくはいつも踏みとどまった。ぼくは誘われるまま、彼女に歩みよった。たぶん、怖がらなくてもいい。それはそうと、手招きといえば、社会人としては相手を格下とみる失礼な行為とされているが……年下だし社会人としては後輩だし、どうみても主導権は彼女が握っている。不快感が全くないのは、そのしぐさは一方で、相手を親しい間柄と認識している心理によるものだともされているから、とっさにそう解釈したせいかもしれなかった。

バスといっても、十人乗りくらいのワゴンで、先着五人ですぐに動き出した。下船した人はもっといたが、予約していた民宿やマリンショップの車が迎えに来ていて、そちらに乗り込んでいた。

車は坂を上り、振り返ると海が見える。左右は黒牛が放牧されていて、クワズイモの横に寝そべり、その背中にはシラサギがいる。ガイドブックと同じ風景が後ろに流れていく。

坂を上りきってしばらくすると、車は止まった。ステップを降りると、砂を踏む音と、足裏にその感触が伝わり、顔をあげると白い砂の道が続く。両脇はサンゴの石垣で、赤瓦の民家が並んでいる。ブーゲンビリアが揺れ、ハイビスカスの赤色が青空に鮮やかに映える。まさしく、アカバナーだ。ナイチの人間がイメージする沖縄の原風景がそこにあった。

「あれ？　まだ、手続きしてないと？」

彼女はすでに自転車を借り、進捗状況が良くない部下にあきれる上司のような顔をして、自転車の借り方を教えてくれた。なんてことはない、大学ノートに名前を書くだけだ。

「その間に、部屋空いてるか確認しよくね」

走り出しはタイヤを砂にとられるようで、右に左に蛇行し、すぐにもちなおしてまっすぐ走り出した。

「ちょっと待って。どこ？」

置いてきぼりにされそうな子どものように、少し焦る。待ち合わせの場所も決めていないし、携帯の番号も知らない。そうだ、名前さえ知らない。二十年前から……

「大丈夫、すぐに再会するよ」

「なにを根拠に……」

ブレーキをかけ、左足を砂につけて振り向くと、なじみの民宿の名前を口にして、再び走りだした。

「わかった……」

ひとりごとのようにつぶやき、そういえばと、ノートのページをめくった。前のページの一番最後の行を確認する。

抜けるような青空とはこのことだろう。小学生のころの夏休みドリルの表紙のような風景だ。水平線に入道雲。赤瓦の屋根には表情豊かなシーサーが家を守っている。箒できれいにはわかれた白い道……そうだった。はわくは九州の方言で、標準語ははくというらしいけど。

その道を水牛車が観光客を乗せて通り過ぎる。響く三線の音色。

レンタサイクル屋で渡された島の地図を見ながら、その民宿を探す。

「部屋がまだ片付いていないけど、荷物は預かってくれるって」

ぼくの荷物を担ぐと、庭に干してあるシーツの下をくぐり、長椅子に置いた自分のリュックの横にドサリと置いた。椅子の下には蚊取り線香の平たい丸缶と、テーブルの上には灰皿代わりのシャコ貝があり、煙草の吸殻がそのままだった。おそらく、昨夜、宿泊の旅人たちが、ゆんたく（おしゃべり）したのだろう。夜、見ず知らずの旅人同士が、いちゃりばちょーでー（出会えば兄弟）だと、ビールや泡盛を酌み交わす場面は、島旅では見慣れた風景だ。民宿の共同のスペースに集まってしゃべるゆんたくは、旅の情報も得られるし、利害関係もないから警戒しなくていい。ただ、ぼくはここでも自分から加わるのは苦手で、誘われたら断らないスタンスだった。しかも、ほぼ、ずっと聞き役だし、途中で飽きてしまう傾向もあり、つくづく他人との関係をうまく築くのは難しい。

「財布、持った？」

無造作に置かれたリュックの中には、それなりにまとまった金とクレジットカードと、帰りの航空券も入っている。さすがに無防備だと気付いたかとホッとしながら
「小銭入れは持ってるけど、財布はそっち」

「小銭持ってるんなら、いいか」

荷物をそのままにして、スタスタと出てきた。ぼくは自転車にまたがった彼女と、貴重品の入った荷物を交互に見ながら「まぁ、いいか」とつぶやくしかない。

地図も見ず、目的地も言わず、ペダルを踏みこんだ。

「ねぇ」

呼びかけが聞こえないのか、故意に無視しているのか、グングン、スピードを上げる。

「みさき……さん」

さっき知り得た個人情報、初めて名前を呼ぶのは、いつも面映ゆい。

彼女はブレーキをかけ、不思議そうに振り向いた。

「あ、さっき、ノート見た」

「個人情報流出だ」

呼びかけるまでの数十秒、かなり悩んだ。名字にさんづけはよそよそしいか？　名前にさんづけはなれなれしいか？　いっそ、呼び捨て？　そんな勇気はないし、キャラでもない。

「良汰　原良汰」

呼んだ手前、名乗らないのも失礼かと思い、自己紹介する。みさきさんも少し悩んで
「行こう、良くん」

いやいや、それはさすがに照れくさい。不惑の四十……その呼び方をするのは親戚か幼なじみの数人くらいだ。

「おっー、海」

海育ちのはずなのに、はしゃいだ声をあげる。道の端に自転車を止め、待ちきれないように海へと歩きだした。

「チャリの鍵は？」

「そんなのないよ」

少しだけ振り向いたが、足は止めなかった。確かに、自転車には鍵というものがついてないことに、今気づく。二台とも、レンタサイクル屋の名前がマジックで書かれているだけで、なぜか鍵がついてなかった。ぼくはたぶん、性悪説に基づき、判断し警戒し防御して日々を生きている。教えられもしたし、身をもって学習もしてきた。ヒトを信じて、痛い目にもあったし、その言動に落胆することもある。ヒトに対してこうあるだろう、こうあってほしいという期待を手放して楽になったが、被害は避けたい。

「盗られん？」

「それはわからん」

あっさり言う。

「まだ起こってもない不幸を心配しても、しょうがなくない？」

「危機管理能力を問われる」

「そんときは、そんとき。まず島のどっかにはあるはずやし」

「そりゃ、まぁ、そうやけど」

小瓶入りの砂や貝、手作りのアクセサリーをお土産として売っているハスノハギリの木の下の店の横を通り、砂浜に出た。

みさきさんは数歩、歩いてしゃがみ込み、手のひらを砂に押しあてた。前にも同じ仕草で、砂のぬくもりを地球の体温みたいだと言った。二十年前、その大きな生きものの行く末を危惧し、自分も含むヒトの罪を嘆いた。ヒトは何を正すでもなく、目先の利益や便利さを優先し、破滅への道を歩む。悔いもせず、詫びもせず、改めもせずに。自己責任として、その罰を甘んじて受けよう。でも、罪なきものの巻きぞえが大き過ぎる。抗いもせず、責めもせず、憎みもせず……命は奪われ続けている。朽ちかけた木の長椅子に、子猫が寝そべっている。気持ちよさそうに潮風に吹かれ、寝息をたてていた。兄弟なのか別の二匹は、じゃれあって砂まみれになっていた。この子たちに何の罪があるというのだろう。

みさきさんは砂のついた手のひらをじっと見ている。もはや、地球は平熱ではない。海水温は上昇してサンゴを死滅させ、異常気象をもたらし、このところのゲリラ豪雨や大雨は尋常ではない。北極の氷は溶けだし、獲物を捕れなくなったシロクマや北極ギツネは飢え、海面上昇でやがて海に沈む島もあるという。何もできない無力感にうちひしがれているかと思ったら
「ほら、星の砂」

星の形をした砂の粒が、小指の付け根あたりについている。

「有孔虫の死骸なんよね」

近くに人がいるので、声をひそめた。カップルや家族連れが真剣な表情で、星の砂を探している。見つけるたびに、歓声をあげていた。さすがに死骸とは知らないほうがいいだろう。

「世の中、知らんけりゃ知らんで幸せってことあるよね。知らんでいる自由かあってもいいはずなのに、情報過多だし、無理やり押し付ける。このコントロールが難しくなってきとると思わん？」

かつてあれほど持つことを拒んだスマホを持ち、いともたやすく情報を得られるようにはなった。ただ、使い方を間違えると危険なことこの上なく、知りたくもなかったことを押しつけられる。何より、匿名の悪意に触れることは避けなければならない。ヒト嫌いに拍車がかかるだけだ。はき違えた正義は、刃となり、会ったこともない人を容赦なく傷つける。人間ほど怖いものはない。この怯えをだれにも気づかれないように、日々最大限の努力をして

いる。

「やっぱり、八重山そば？」

いきなり、すくっと立ち上がった。

「はい？」

まったくもって、唐突だ。

「ほらね、大丈夫」

自転車のところまで戻ると、盗られもせずにあった二台を見て、威張って言う。

「おなか、すいたねー」

そういえば、空腹という感覚が久しぶりで、食事を楽しみにするという当たり前で、健康的なことがいつもないがしろになっていることを知る。

「おいしい八重山そばが食べたい」

みさきさんは繰り返し、カイジ浜から集落へ戻ることにした。白い一本道を並走し、時には全力でペダルを踏み追い抜いて、追いかけられ、子どものようにはしゃいだ。不惑の四十……きっと、昔の人たちは、同年代でもはるかに大人だったはずだ。

「寿命が短かったから、惑ってる暇もなかったんやない？」

定年までの時間を指折り数え、その長さにうんざりする。そして、その後の老後の人生まで考えると、途方に暮れてしまう。人生百年時代……残り五十年以上？　その前に、地球がもつかが、問題かもしれない。

「大丈夫。先のことより、今が大事」

吹き出るような汗を、首にかけた手ぬぐいで拭きながら、のれんをくぐった。

「まずは、水分補給」

「ビールは水分補給にはならんとよ」

と言いつつ、乾杯する。

「なんの乾杯？」

「うーん、今、楽しいことにかかな？」

まんざらでもない。頬が緩みそうになるのを我慢し、淡々と振る舞う癖がある。しかし、どんなに平静を装ったところで、留守番させて帰ると、すねてそっぽを向きながら、ブンブン振られる犬のシッポと同じく、彼女には見破られている。

甘辛く煮込んだソーキを口に運び、麺をすする。何もいわずに、紅しょうがをぼくの器に移した。どうやら、苦手らしい。そんな自然な振る舞いを、軽く見られているのか、親しみをこめているのか、気にはなるけど、咎めもしなかった。

「おなかいっぱいとか、美味しいとか、それだけで幸せなのにね、もっともっとって欲張って、手に入らなければ不満で不機嫌になる。損得や勝ち負けに振り回されずに生きるのって、そんなに難しいかなぁ？」

昼間のビールは酔いが回りやすい。なにやら、難しいことを話し始めた。

「得して勝って、利益ださんと給料でらんよ」

「そういうことじゃなくて」

言いかけて、ため息をついた。

「生きるって、そういうこと？」

それは……自分のためにも否定したかった。心底、求めているのはそんなものじゃない。

「生活すると、生きるって、違うと思う」

「なんのため生きとんのやろ」

聞いたセリフだ。二十年以上経っても、答えは出なかったらしい。

「どの種も、生物として自分を生かし、子孫を残すのが究極のテーマよね？」

ここにも、人間を生物の一種類とみなす人がいた。そもそも、生物は自分が生き残るために、利己的にできている。そう考えると、損得や勝ち負けを気にした、利己的な主張は当然なのかもしれない。でも、譲り合ったり、助け合ったり、赦し合ったりすることがなければ、群れの存続は難しい。

「今、子どもがいないことにホッとしてる。心配せんでいいもん。そりゃ、どっか罪悪感はあるけど」

子孫繁栄を放棄したおひとりさまの言い訳として、それは最も共感する。心配しなくていい。仕事から帰り、夜のニュースを観ながら遅い夕食をとる。毎日、事件、事故、災害の報道がない日はない。だれも、なにも死なない日はない。自分を守るために、無神経を装う。感情移入しないよう、想像力を働かせないよう、心をうつろにする。痛みや苦しみ、恐怖を想像してはいけない。そして、遺された身のつらさ、寂しさ……まして、その死が理不尽であったときの怒りや憤り……。いつ、自分やまわりの大切な人や動物や自然にふりかかるかわからない。未来が明るいものだとは、到底思えなかった。特段、繊細というわけではなく、もしかしたら、著しく利己的な考えなのかもしれない。自分がまず傷つきたくないと。

「離婚の理由のひとつにね……」

深刻そうな内容を、なんてことない日常の出来事のように話し始めて、どんな顔をして聞いていればいいのかと困惑する。

「結婚すれば子どもが欲しいと思うのは当然だと自分でも思ってた。でも、いざ結婚して具体的になると、怖気づいたとよね。こんな世の中で子ども育てるの怖いっていったら、驚いてもいたし、優しい人だったけど初めて怒ってもいた。そりゃそうよね、あたたかい家庭を築くってあの人の夢をあっさり壊したんだからね」

向いていなかった……それが的確な表現であることに納得する。

「大丈夫？」

黙り込んだぼくに聞く。

「大丈夫じゃないよ。いつも、巻きぞえにする」

「他人を巻きぞえにできんよ。はぐれていた分身なんやから、痛みは共有してもらわんとね。半分になるから、ちょっとは楽になる」

どういう理屈なんだ。みさきさんは箸を置くと軽く手を合わせて、立ち上がった。

「海、行こ」

話題を振っておいて、自分だけ見事に切り替えた。釣りの小銭をそのままポケットにいれ、彼女の後を追う。太陽はさらに強く照りつけ、白い道がまぶしい。

二十年ぶりに再会した分身は、目を離すとすぐに行方不明になる。そもそも、お互いひとり旅なのだから、はぐれたとしてもそれはそれでよしとすればいい。しかし、反射的に探し、追ってしまう。

土産物屋の前で、急ブレーキをかけた。ブーゲンビリアのアーチをくぐり、小さな店に立ち寄った。どうして、女子はこんなこざこざした雑貨が好きなのだろう？　こんな発言でさえ、偏見やハラスメントとなりうるから、うかつにはものを言えない時代だ。アクセサリーやポストカード。琉球ガラスや沖縄陶器のやちむんに、シーサーの置物。楽しそうに手に取り、眺めている。

市松模様を五つと四つ交互に並べたミンサー織りのお守りを手にしながら

「いつ（五つ）の世（四）までも一緒にって意味なんよね」

「えっ告白？」

昔、通い婚で、婚約が成立した証に、ミンサー織りの帯は女性から男性に贈られていたらしい。

「おっ、二十年も経つと、大人の返しができるようになっとる」

からかうように言い「永遠かぁ」と、つぶやいた。

「自分から手放したんだった」

「その自虐ネタ、こっちがドキドキする」

「大丈夫、大丈夫、早く気づいてよかったよ。むこうは再婚して、子どもふたりいるし」

いつの世までも末永く幸せに……五つ、四つ、五つ、四つと交互に並ぶ四角い模様を眺めた。

窓から風が吹き込み、琉球ガラスの風鈴を鳴らした。リュウキュウアカショウビンがキョロロロロと、呼び合っている。夏に島にやってくる渡り鳥だ。神の使いとも言われる赤い鳥。夏の島にいることを実感する。石垣の上で、猫があくびをしていた。失いたくないもの……愛しいもの……守りたいもの……いつの世までも。

昔、みさきさんは、いっそのこと何もかもなくなってしまえば、もうこんなに心配しなくていいのにと、とりようによっては危険な発言をした。絶滅した動植物を復活させることはできない。でも、絶滅危惧種であれば、まだ望みを抱く。二千百年までにシロクマが絶滅するという研究結果が発表された。でも、まだ彼らは生きているのだ。あきらめきれない。今まだ手つかずの自然に、ヒトの手が入れば元にはもどらない。まだ、何とかなるんじゃないかとわずかな期待があるから、あきらめきれないのだ。失ってしまえば、失う心配はしなくてすむ。ぼくもノストラダムスの大予言の年、それはそれで仕方ないかなと思っていた。でも、実際は何事もなくすぎた一九九九年に胸をなでおろした。愛しきものたちを失わずにすんだ。

「えーと、こっかーら（アカショウビン）、出会えればいいね」

そう言って、二方向から交互に呼び合うように聞こえてくる二羽の鳥の声に耳を澄ませた。どうしても方言で表現したいらしい。無事に出会えますように……

「ちょっと、これ買ってくる」

風がのれんを揺らしている。白い道は海へと続き、その海はとことわのときを刻んできた。命を育み、守り続けてきた。それを途切れさせるわけにはいかなかった。ヒトの罪に巻きぞえにしたくない。失いたくない。いつの世までも……

「自分へのご褒美。それと、友だちにお土産。まーす入りだって。厄除けにいいかもね」

嬉しそうに戻ってきたみさきさんは、購入した塩入りミンサー織りのお守りが入った紙袋をかざしてみせた。その屈託のない笑顔に、思わず笑い返した。この人も、失いたくないなと思う。うちなーぐちで「かなさんどー」というのだ。今、目の前の彼女を含めた景色全てが、かなさんどー。

「どうかしたと？」

「ううん、なんでもない」

この愛おしいという感情を持たなければ、もっと楽に生きられる。苦しまずに、傷つかずに生きられるのに。

「お土産って、犬のシッポに似とらん？それと、誕生日やクリスマスプレゼント」

相変わらず、独創的な例えをする。一眼レフカメラのことも、そう表現した。

「旅先で思い出す人やなんか贈りたくなる人たちって、自分にとって大切な人なんよね。これ、あの人好きそうだなとか、喜ぶかなって思いだす人たち。まーす入りのお守りが守っててほしい人たち」

無条件のかなさんどー。その感情を抱かせる相手に出会う奇跡はかけがえもなく大切だとわりと本気で思っている。半面、しまったとも思う。失う心配をしなければならない。

「おばぁの手作りよ、おいしいさぁ」

振り返ると、おばあさんが立っていた。ザルにのせた揚げたてのサーターアンダギーを手にして、ニコニコと笑っている。

「あ、おばぁ、お元気でした？　覚えてらっしゃらないですよね。以前、何回か買わせてもらったんですよ」

「あー、そうだったね」

毎日、多くの観光客が島を訪れる中で、おそらく記憶はしていないと思う。みさきさんもそれは承知で、なにごともなかったかのように話を続けた。

「今から海に行くんで、その帰りに寄ってもいいですか？」

「いいよ、いいよ、待ってるさー」

会話を聞きながら、口約束が不安になる。いつも、トラブル回避のためには書面での契約が必須だ。信用より証拠が必要だった。それに疲れてここにいるのにと、苦笑する。

「おばぁ、行ってくるね」

親しげに手を振っている。

「気をつけて、行っておいで」

おばぁも、まるで孫を送り出すかのように自然だった。おばぁ……？　今日初めて会った見ず知らずのご老人を、そう表現した自分に驚く。でも、なぜかむしょうに嬉しかった。

「行こう。見せたいもんがあると」

彼女はぼくの手を引いた。年甲斐《がい》もなく、というより久々過ぎて、内心うろたえた。

「おっと、びっくり」

本人も驚き、慌てて手を放した。

「油断した」

「大丈夫って」

「なんが？」

「分身じゃからね」

さらに、ひとりで照れている。おもしろい。そして、一瞬つないだ手のひらの感触はひどく懐かしかった。そして、厄介だな……と、苦笑する。自己分析すると、一瞬自分でも錯覚しそうになるけど、世間一般に論じられる恋愛感情とは、似て非なるもの。そんな感情は今更とも思う。やっぱり一番しっくりくるのは、かなさんどー。

集落の中心、赤山公園のなごみの塔、そこからの赤瓦の民家や白い道の写真は、竹富島の象徴的な風景である。（竹富島のなごみの塔は二〇一六年より老朽化してのぼれなくなっている）

「狭いし、急やから気をつけて」

すでに塔の上にいたみさきさんが、声を掛けてくる。本当に狭くて、体を斜めにしてゆっくり上らなければならない。四～五メートルくらいのコンクリートの塔で、塔の上の展望台も、大人ひとりが立つのも窮屈そうだった。一、二段前で進むのを躊躇する。てっぺんに二人立つには、近過ぎるのだ。

キョロロロロとアカショウビンが鳴き、違う方向からそれに返す声が聞こえた。さっきより、お互い近づいてきているようだ。

「早く会えればいいね、こっかーら（アカショウビン）」

振り向いた。中途半端な姿勢のぼくを見て

「パーソナルスペースの確保？　他人には入ってほしくないテリトリーとかいう」

「うん、個人差はかなりあるみたいだけど、侵害されると不快だったりストレスを感じるっていう……」

広めのスペースを確保したいぼくは、日々その距離を守るために努力し、距離が保たれなければひたすら我慢をしている。

「ふーん、ストレスなんかぁ」

不服そうに言うので慌てた。

「いや、一般的に男のほうが狩猟時代の名残なんか、広くとろうとする傾向があるっていわれるし、ちょっとさすがに近すぎん？」

そんな言い訳に対し
「分身やから、大丈夫」

ふいと、前に向き直った。怒らせた？ 不快でも嫌でもない、むしろ逆。しかし、それを伝える言葉や術を持たず、途方に暮れた。いつも、細心の注意を払い、もめごとを回避しようとするのに、分身のせいか油断した。自己犠牲と自己欺瞞に成り立つその場しのぎの平穏にすぎないにしても、ひたすら波風を立てない努力をする。なにより不穏な空気の修復ほど煩わしいものはない。先に防ぐ努力を怠らないはずなのに。失敗したかなと、内心慌てる。

彼女の立ち位置のわずかなスペースに足を踏み入れ、もう片足を滑り込ませた。体をのけぞらせぎみにしながら、密着を避ける。

「ねっ」

どうやら、なにも気にしておらず、ただその景色を見たかったために背を向けただけのようだった。その見せたかった景色を自慢するように振り向いた。こんな狭いところで、向かい合うと視線をどこにもっていくべきか、腕や手の置き場にも困る。

「相変わらずやね」

「なんが？」

「人と向き合うの苦手」

二十年前も見破られ、指摘されたのだった。そして今も克服しきれていない社会人は、平気を装うためにどれほど、無理をし、努力をしているだろう……

「絶対、カウンター席のはしっこや座席の壁際を選ぶみたいな……」

「確かに」

「ねぇ、自分で気づいとる？　苦しくなると、Tシャツなのにネクタイを緩める仕草《しぐさ》をする癖」

男だから女だからの発言は慎重を要するけれど、一般論として女性のほうがはるかに観察力と洞察力はある。心理学でも実証されているらしい。言葉の裏を正確に読むのも、男の四倍とかいうから、恐ろしい限りである。ぼくが恐れおののいているのを知ってか、知らずか、首元に手を持ってきた。

「なん？　なん？」

「ここまで来て、怯えんでいい。無理しなんな。他人に合わせることも、愛想笑いも、本音と建て前の使い分けも、社交辞令も……ほんと、生きづらいよね。ま、生きるのがつらいとまで、深刻ではないんやったら、いっかぁ」

そう言って、ネクタイの結び目を緩め、ほどいてシュルシュルと引っ張る真似をした。塔の上から、ポイと捨ててくれた。

「ほら、自由になったやろ」

ポンポンと肩を叩かれ、ようやく力が抜けた。景色がさらに明るく鮮やかに見えた。空の青さも、雲の形も、風の音も、赤や黄色の花の色も、赤瓦の民家のたたずまいも、彼女の肩越しにまるで息を吹き返したようだった。解放されたのに少し息苦しい感覚は、不快ではない。ただ、完全に慣れるまで、少し時間がかかる。生きづらい……確かに。でも、それはまだ軽症で、生きるのがつらいとまでなれば、重症だろう。その境をうろうろしている危うさを現代人は抱えているのかもしれない。

「ここからの景色ね、夕方も夕焼けできれいとよ。夜も幻想的やし。また、見に来よう」

「いつ？」

反射的に口をついた。いつか……また……商談では常套句だし、友だちでさえ、しばしば使う「いつか」や「考えとく」ほど、曖昧でその場しのぎの言葉はない。その本気度を、測りかねるのだ。子どものころから、大人になっても、それが真意なのか社交辞令なのかの判別がつきかねる。そもそも、行きたい場所や一緒に行きたい人でなければ、自分から言わないから、行くつもりがないのにそう口にする真意や必要性がわからない。約束をしたなら、守ろうと律儀に計画をして、肩すかしをくうこともある。社交辞令には、ほとほと苦労する。

たぶん、ぼくの「いつ？」は切羽詰まっていたのだろう。みさきさんは少し戸惑った表情を浮かべたが、さすが分身、すぐに察したようだった。

「じゃあ、海に行った帰り、おばぁのところに寄って、またここに来よう。民宿で懐中電灯借りようか」

完璧だ。直近の約束なら、破られることはない。今日なら、天気の心配もなく、急な仕事の呼び出しもないし、体調も良好。高い確率で、夕焼けと夜景を彼女と見ることが出来るだろう。ただ、それは百パーセントではないことを、常に心していなければならない。

一瞬先のことなど、だれにもわからないのだ。

「会社の面接で、五年後、十年後の目標とか聞かれん？」

「うん、必ず、聞かれる」

「明日んことさえわからんとに、知らんよね」

ぼくは吹き出した。でも、そんな子どもっぽい反発に共感するのは、実際、思ってもいない模範解答をとりあえず、神妙に答える極限の居心地の悪さを何度か経験しているせいだった。

「先んことはわからん。今を大事に生きてますって答えたら、まずい？」

「まぁね、組織ん中やと、自分だけの問題じゃなくなるから」

「大人ねぇ」

「建て前やけど」

うまく横並びに立てたので、少し落ち着いて話せる。コンクリートの柵に手を添えながら、景色を眺めた。

「ただ、自分らしく生きたいって思わん？」

「充分、自分らしく自由に生きとるほうやと思うよ」

「あ、それ、よく言われる。よし、海行こ」

「ほんと、自由」

少しうらやましい。

階段を一段一段注意深く下りていると、

「ねぇ、自分らしく生きるってどういうことやと思う？」

先に下りて下から、また難解な問いかけをしてきた。「らしく」とくることこそ、枠にはめている気もする。「おまえらしくない」と言われないよう、周りが自分に求めるあるべき姿を保つよう、無理をし、我慢をしている。その無理や我慢こそ、対外的には自分らしいのかもしれない。他人と自分を比べず、威張らず、卑屈にもならず、勝ち負けや損得も気にせず、許容し、肯定し、寛容さを持ち、誰も責めず、誰にも責められずに生きることは無理をし、我慢をしなければいけない。なぜなら、そう生きようとする反対のことばかり強いられるからだ。

「みさきさんは、自分らしいって、どういうことやと思うと？」

名前を呼ぶのにはまだ少し照れはある。先に自転車のところにもどった彼女は、ハンドルを握ったまま、真面目に考えていた。

「たぶん、好きなこと、好きなもの、好きなひとをちゃんと好きでいて、大切にしようとすることかなぁ。せんといかんじゃなくて、したいからそうするとか。今、私、自分らしいって思う」

「じゃあ、日常にもどったら、自分らしくなくなると？」

「ううん、いつも自分らしくいようとは思うよ。でも、不本意なことはあるし、したいではなく、せんといかんこととか、無条件じゃなくて条件つきとか……らしくないなとは思っても、せんといかんよね」

「仕事でも結構、自由奔放にしてそう」

「言えてる。反抗はせんよ。抵抗はする」

どうしてこう窮屈なんだろうかと、いつも思う。囲っている枠は高すぎて、乗り越えるのは難しい。ここを抜けだしたら、もっと自由でもっと自分らしく生きられるかもしれないと見上げながらも、思いとどまるのは怖いからだ。

「四十にして惑わず……って言われてもねぇ。今が一番惑ってる気がするとよね。慢性五月病みたい。人生、何度でもやり直せるっていうけど、とりあえず今なんとか食べていけてるのに、冒険しきらん。そのくせ、まだどっかで、なんか他にすべきことやしたいことがあるんじゃないかって、落ち着かん」

同僚と飲みにいくと、たいていこんな話になる。お互い、ネクタイを緩めながら、脱出を試みるのだ。アルコールで気が大きくなり、妄想は止まらない。脱サラ計画や転職計画を口にする。起業してみると大きく夢を語る。農業はどうだろうかとか、ものづくりもいいね、喫茶店とか開けんかな？　自給自足で暮らせんもんだろうか？　なぜか、一番現実的で堅実な今いる場所での出世を語ろうとしないけど。そして、翌日、時間通りに目覚め、鏡の前でネクタイを締めるのだ。

「四十にして、枠のない不枠ならいいね。あ、でも、四十にして不惑って、現状打破っていう解釈もあるらしいよ。そろそろ、思うがままに生きなさい、枠からはみだしていいよって」

お互い力なく笑う。

「なんだか、老後を人質にとられてる気がする。会社辞めたところで、老後の保障はないぞって」

「貯金もないしね」

そんな言い訳を繰り返しながら、たぶん、定年まで過ごすのだろう。

「自転車置いて、歩いて海行こうか」

「せっかく、借りたのに？」

「うーん、なんとなく歩きたくなった」

なんとなく……気の向くままに動いていい。しばし、ぼくらの周りに枠はない。

「歩くほうが、道草できるよね」

白い砂の道を踏みしめながら歩く。

「この音、好き」

砂を踏むときの、ザリッザリッという音に耳を傾けた。サンゴの石垣沿いに咲くアカバナーやブーゲンビリア、どれも違う表情のシーサーを眺め、縁側に腰かけて「ゆんたく」を楽しむおばぁに軽く頭を下げて通る。楽しそうなおしゃべりはしばらく続きそうだ。畑仕事を終えたおじぃが自転車でリヤカーを引きながら、追い抜いていく。そこにおばぁがちょこんと座って、ぼくらに手を振った。全てがなんだかいいなぁと、穏やかな感動で、懐かしいようなこそばゆいような、そしてちょっと泣きたくなるような風景が、島の日常として、そこにはあった。

西集落を抜け、坂をくだると、そのまま海へとのびる桟橋がある。夕日の名所として有名な西桟橋だが、日没までにはまだ時間があるせいか、誰もいなかった。そのまま歩いて桟橋の先端までいき、ビーチサンダルを脱いで腰をかけた。海へと投げだした足をブラブラさせる。サンダルの鼻緒のところを白く残して、日に焼けていた。それがおもしろいと、ケラケラ笑う。

並んで座ると、何かを包んでぶらさげていた手ぬぐいの結び目をほどき、缶ビールを取り出した、さっき、自転車を返すついでに、いつのまにか買っていたらしい。

「完璧やろ？」

勝ち誇ったように言い、一本を手渡してくれた。

「昼間から、しかもこの景色みながらって、贅沢過ぎん？」

「ご褒美、ご褒美」

「なんに対しての？」

「うーん、なんやろか？　毎日、頑張ってるねって」

「我慢を頑張ってる」

「お疲れさま」

缶をコツンと当て、少しぬるくなったビールを飲む。上を向くと、太陽が眩しすぎて、ぎゅっと目をつぶる。

「ふぅ」

同時に息をついた。つかの間の解放。決められた期日までには枠の中に戻らなければならない。

「あと、二十数年」

「解放されるまで？」

「待てるかな？」

「会社辞める？　やりたいことやりますって」

「現実的には難しくない？」

「うん、宝くじでも当たらんかな」

「不毛な会話」

「ビールはうまい」

「そして、美ら海」

「なんくるないさぁ」

刹那主義は、今の世の中を生きるために、いつしか身につけた処世術だ。

人の声がして振り向くと、夕日を目当てにワラワラと集まりはじめていた。内心ソワソワする。

「居心地悪くなってきた？」

「さすが、分身」

「さっきの塔に戻ろう」

ぼくらは立ち上がり、みんなとは逆方向に歩きはじめた。

「その前に……」

さっきの土産物屋に寄る。約束通り、おばぁはサーターアンダギーを紙袋に入れて待っていてくれた。

「えっー、毎年、食べるの楽しみにしてたのに」

二人の会話に耳を傾けると、どうやら、おばぁは店をたたんで、娘さんのいる石垣島に行くことを決めたらしい。

「二人とも、おばぁが作り方教えるから、ここで暮らしたらいいさぁ」

彼女はパァッと顔を輝かせ、そして、なんとも複雑な表情を浮かべた。

「そんなに簡単には……」

「簡単なことだよー。一度戻って会社に白い封筒出してくればいいさ。このまま、帰らずにいてもいいいし」

二人ともと言われたので、その魅力的な誘いはぼくにも向けられていた。

おばぁに別れを告げ、歩き出す。二人とも無口で、彼女も同じく妄想中なのだろう。家は破格の家賃で貸してくれるというし、店も安く譲ってくれるという。

「一身上の都合でいいんかな？」

「うん」

「どうしよう？　ねぇ、どうする？」

真顔で聞かれても……

「たぶん、冗談だよ」

「だよね……」

彼女は大きく息をついた。

「でも、気持ち揺れんかった？」

「うん、ネクタイせんでいい」

「名札も下げんでいいし、名刺も渡さんでいい。畑で野菜作って、ヤギにミルクもらって、ニワトリに卵もらって、魚があれば生きられるって、歌にもあるし」

「やっぱり、現金収入は必要やない？」

「うん、やけん、サーターアンダギーの作り方習って、お店を引き継ぐと。疲れた旅人がフラッと寄って、居心地のいい店」

「おばぁに頼みに行こうか」

「うん」

手をつなぎ、駆け出せたら……あの年季の入った中華鍋も譲ってもらおう。接客はなんとかなる。得意先とは今までやりとりしてきたし、沖縄らしい店の演出はもしかしたら、地元の人よりも伝えられるかもしれない。うちなんちゅ（沖縄出身の人）は島の良さをあたり前過ぎて、島にいるときは気づかなかったとよく口にする。島出身でない島好きのほうが、島らしさを打ち出せるかもしれない。ぼくたちは顔を見合わせ、同時にため息をついた。一体、何に縛られているのだろう。安定、安全、安心……なにかしら抱えているもの……いつの間にか失くした夢だとか勇気……もう、好きに生きていいよと、背中を押されても動けずにいる。自ら引いたあちら側とこちら側の線、リスクを恐れずに望むように生きている人たちをうらやみながら、その線の前でずっと逡巡している。

「そろそろ沈む」

駆け出した背中を追い、追い抜いてその狭い階段を上る。

「もー、ちょっと、待って」

息を切らせて追ってきた彼女に、思わず手を差し伸べた。その行動に一番驚いたのは自分自身だが、今更、引っ込めるわけにもいかない。そして、みさきさんはぼくの行動に誰よりも的確に対応する。迷わず、手首をつかんできたので、引き上げた。

「ゆいまーる」

照れ隠しに思いついたうちなーぐちを口にした。

「助け合わなきゃね、四十も過ぎると……」

ゆいまーる、沖縄に昔から根付く損得抜きの助け合いの精神。元々は労力の交換という意味合いの「結い」らしいが、対等な交換を望むのは難しい。過疎化や高齢化が進む現代において、それはたぶん昔より顕著で、若者と年配者の労力が同等なわけがない。それを損得ととらえないのが、沖縄のゆいまーる精神だと解釈している。損得勘定でものごとを考えることなく、恩を着せたり、見返りを求めたりせず、受けた恩だけに感謝すれば、平穏に暮らしていける。そういうふうに生きていたい。

「間に合ったね」

肩が触れるほど狭いスペースに並び、手すりに手をかけて、その景色を眺めた。

「あ、アカショウビンの呼び合う声が近くなっとる。出会えたんかな？」

「うん、たぶん」

二羽は小枝にとまり、その赤い羽をもっと赤く夕日に照らされて寄り添っているかもしれない。

「美《ちゅ》らさ」

「うん」

デジャヴュ……二十年前、彼女は今も暮らすあの場所で、ぼくは大学時代をすごしたあの場所で、夕焼けの中にいた。茜《あかね》色に染まる西の空を、波音を聞きながら眺めていた。昔も今も沈黙が苦にならない。

あたりは暗くなり、ポツポツと民家にあかりが灯り始めた。昔の裸電球のようなやさしい色合いで、少し黄色がかった灯りが、白い道や赤瓦を浮き立たせる。

「美《ちゅ》らさ」

「うん」

二羽のアカショウビンは並んで眠りについただろうか。

「懐中電灯、借りに行く間もなかったね。真っ暗になったよ」

人工的なあかりに慣らされていると、その暗闇に圧倒される。手探りで手すりを探し、用心深く階段を下りた。

「大丈夫、そのうち、目が慣れるから」

そういわれても、全く足元が見えない。なんとか階段を下り、横歩きしていると、手をつかまれた。

「そこ段差ある。もう少し右、岩が出とるから危ないとよ。こっち、こっち」

誘導されるがまま歩き、ようやく平らな道にでた。まだ足取りがおぼつかないぼくを見かねて、手をつなぎなおした。懐かしく、くすぐったく、照れくさく、そして離したくなく、まるで思春期の中学生かと苦笑する。海に行く約束だ。

順調に浜の入口まで歩いてきたが、街灯がとぎれるので再び暗くなる。浜に続く細い道は段差もあり、左右はアダンが繁っていた。

「ちょっと、そっち危ない」

グイと手を引いた。アダンの葉には棘があり、気をつけないと怪我をする。

「あー、やっぱり、見えちょった」

「途中で目がなれてきたけど、手ぇ離すタイミングつかめんかった」

なんだか少し言い訳がましい。

浜に出ると、彼女は絶妙な加減でスルリと手を離した。あまりに自然だったので傷つかずにすんだ。たぶん、拒否ではなく、小さな子どもがなにか興味あるものを見つけ、親の手をほどくような感じで、ぼくはその後ろ姿を微笑ましく眺めた。

「ふぁいぬぶし」

北の空を指差す。

「てぃんがーら。ぱいぬかじ」

うちなーぐちの響きが心地よい。漢字ではなく、やさしいひらがなのようなやわらかい響きだった。

「これも、見せたかったと」

宝物を自慢する子どものように「ねっ」と、同意を求める。

「北極星。天の川。南の風」

さっきのうちなーぐちを訳した。

「星って、こんなにたくさんあったたっけ？」

まんてぃんのふし……満天の星。

「流れ星の見つけ方、知っちょる？」

そう言うと、躊躇なく砂浜に寝っ転がった。砂だらけになるのに、お構いなしだ。いい大人なのに。隣に同じように寝っ転がれと、砂をトントンと叩いて、誘導する。黙って従うだけだ。なるほど、首は痛くないし、さらに視界が広がる。

「あ、流れた」

一瞬で消えるものもあれば、ツーと長く尾を引くのもある。

「星って、こんなん流れるもん？」

「島やと、よく見るよ」

「なんとか流星群の日じゃなくても？」

「いつも、流れよるんじゃないと？　見えんし、見らんだけで」

見逃さないよう、集中する。星が流れるたび、どちらかが、もしくはふたり同時に声をあげた。

「消えるまでに、願いごという暇ないよね？」

しばしの沈黙があり、突然、上半身を起こした。

「願いごとって、なんやろ？」

ぼくと同じく、とっさに思いつかない自分に驚いている。

「まず結婚願望もキャリア志向もないし。あ、再婚願望か？　いまんとこ、親も自分も元気やし、適度に幸せだし、貯金はないけどなんとか生活できてるし、友だちいるし、自由だし、今島にいて楽しいし、そんなに望むことってないような気がする」

たぶん、今、島にいるからだ。日頃抱えている不満、ジレンマ、ストレスの類をすっかり忘れている。人間の際限のない欲が全くないわけではない。ただ、ぼく自身、思いつかずにいた。

「強いていうなら……」

「なん？」

「命《ぬち》どぅ宝かな……死にませんようにって思う」

「だれが？」

「博愛的に誰も死なんようにとは思うけど……」

前置きして
「家族や友だちや身近な大切な人や動物たちも、今日会った猫も、こっかーらも、やがて生まれるその雛たちも……頼むから死なんでって思う。それに、今、隣にいる人も」

その言葉は、数十年前に校舎裏に呼び出された二月十四日よりも、有頂天にさせた。死なないでほしいと強く念じる相手は、人も動物もかけがえもなく大切であること、ぼく自身が常に意識していることなのだ。常に生き死にを意識するのは、自分くらいかとひそかに思っていた。ぼくにとって、死にませんようにの祈りは……かなさんどー。相手を心より愛おしく思うの意味あいなのだった。それほど、深い意味は無いのかな？　どう答えていいのかわからず、しばらく黙ったまま星空を眺めた。

「そろそろ、民宿帰る？」

「そうしようか」

砂を手で払いながら、立ち上がった。目が慣れて、暗い道も平気だ。

民宿に着き、長椅子にそのまま置かれていた荷物を担ぎ、サンダルを脱いで厨房で洗いものをしていた人に声をかけた。宿帳の大学ノートに名前を書き、部屋に案内される。鍵もない、襖だけで隔てられた隣合わせの部屋だった。

「島ではよくあるパターーン」

「かなり、無防備じゃない？」

「島旅は信頼でなりたっとるから」

「予防線引いたと？」

「深い意味はないけん。おやすみ」

襖をパタンと閉められた。押入れを開け、布団を敷き、シーツを広げる音まで筒抜けだ。

「ねぇ」

「なん？」

通常の音量で会話ができる。呼びかけたものの、言葉が続かない。このまま眠ってしまうのが惜しい気がした。常に感じる、時間はそうないという焦り。学生のころのクラス替えや卒業、離れた場所への就職や結婚、今も転勤での別れがある。そして、いつかは必ず死別が訪れる。別れは避けようがない現実として必ずやってくる。出会えて良かったと、出会わなければよかったという相反する感情が、大切な人ほど交錯する。ましてや、時間が限られている旅先での出会い。刻々とタイムリミットは近づくばかりだ。シンとする中、ヤモリのケッケケッケケッケッという声が響いた。うちなーぐちではヤールーと呼ばれる沖縄のヤモリは日が暮れるころになると、天井や壁にはりついて鳴くのだった。不思議なことに、地元ではヤモリが鳴くのを聞かない。彼らは無言のまま、壁や窓ガラスをチョロリと移動している。だからか、島にいることを実感するのが、ヤールーの声を聞くときだった。

「なんか、警戒しちょる？」

返事がない。

「まさか、もう寝たと？」

本当に返事がないので、仕方なく布団を敷いた。明日の約束をしていないことも不安だった。朝、起きていなかったら……そもそも、ひとり旅なのだから、束縛はできない。

「夜ご飯、食べそこなった。お腹すいちょらん？」

隣から声がした。

「起きちょる？」

「うん」

かなり意識して、気のない返事をした。喜び勇んでは格好悪い。

「ゆんたくしよ、ゆんたく」

襖を開けると、布団を部屋のすみに寄せて、小さなテーブルにビールとつまみが用意されていた。

「三分たった？」

島の民宿の共同スペースにはたいてい冷蔵庫と電気ポットが常備されていて、自由に使える。しばらく待っていると、カップの即席沖縄そばを二つ持ってきた。

「いつの間に？」

「さっきダッシュでそこの商店に行ってきた。ギリギリセーフ。帰りついて、雨ふりだしたもん。日頃の行い？けっこう運がいいとよね」

自慢する。そんな些細なことをラッキーと思える人生こそ、損得を考えずに生きたいと言いつつ、かなり得だ。赤信号にひっかからない、エレベーターの▼を押さずとも、自分の部屋の階で止まっていたとかでも、ラッキーだと思う。待たなくていいし、エネルギーを節約できた気になる。今年初のツクシを見つけた。巣立ったばかりのスズメの子が可愛かった。そんな些細な発見で幸せな気分になれる感性に恵まれたと考えると、やっぱり運がいい。逆に三隣亡か天中殺かという不運が続いたとしても、これくらいで済んだのは運がいいと思える。いや、起きた出来事を咄嗟に、楽天的な考えに変換させて身を守っているに過ぎないのかも。

割り箸を手渡してくれながら、思い出し笑いをしている。

外はバケツをひっくり返したような大雨で、時折、雷の音も聞こえた。

「おばぁがサービスするねーって、箸五膳くれた。カップ麵二つ買って」

楽しそうに話す。ぼくもつられて笑った。

外は大雨の中、二人でズルズルと麵をすする。島ではよく出くわすスコールだが、雨量といい、雷といい、なんせ派手なのだ。ゴロゴロと雷鳴が響き、ドーンと落雷のたびに窓ガラスが震えた。食べ終えてひとごこちついた。部屋飲みのゆんたくは、とりとめもなく、他愛もなく、かけがえのない時間として過ぎていく。

突然、窓ガラスを揺らす音とともに、電気が消えた。

「お、近くに落ちたな」

淡々と実況する。

「ちっとは怖がれば？」

「なにを今更……恐怖心が希薄なのもひとりで平気ってことかもね」

自己分析している。恐怖は、生物が生き残るために、最も重要な感情なはずだ。恐怖を感じることで危険を回避しようとする。死にたくないという反射に近い。生きようとする。生物が生きようとする究極の目的が種を残そうとする本能なら、恐怖心が希薄なのはやはり、ひとりでも平気だということなのかもしれない。

「暗闇だと、稲光がきれいに見える」

のんきに言っている。風もあり、電線をヒューヒューと鳴らした。

「台風じゃないよね？」

島で台風接近中の情報は早いし、なんらかの方法で知らせてくれる。小さい島だと、島内放送が流れ、船の欠航を知らせてくれたり、ホテルや食堂のホワイトボードに日本地図と天気図、台風が島に最接近する予測の日時が記入され、島からの脱出か、通過を待つか判断をしなければならない。そんな情報は目にしていないから、ただのスコールだろう。

「被害があったら困るけど、台風で海の水かき混ぜて、海水温をさげてくれるっていうもんね」

自然は上手くできている。ただ、このところの台風被害は予想を超えて甚大だ。

突然、電子音が鳴り、テーブルの上でブルブルと振動した。

「くーっ、文明がここまで追いかけてきたかぁ」

携帯電話を耳に当てる。昔、探知機みたいだと毛嫌いしていたのに、時代の流れで、持たざるをえなくなったらしい。とはいっても、二つ折りのガラケイで、ぼくのスマホを裏切り者だと責めた。

「そんなん、匿名の悪意にみちたもん」

「関わらんかったら、大丈夫」

「いや、知らんでいいことや、聞きたくもないことを押し付けられる。ひとんことやら、自分に関係ないのに責めたりするし、なんか困ったことに巻き込まれたりするよね？　怖い、怖い」

雷より怖がっていた。なんにせよ、正義を振りかざした人間の悪意ほど、醜いものはない。他人を非難したり、評価するほど立派なのかと思うこと自体、ぼく自身が見ず知らずの誰かを心の中で、非難したり評価していることになるのかも……と思いもする。関わらないことが、賢明な選択だ。

電話の相手は友だち数人のようで、ワイワイと声が聞こえる。

「うん、そう、竹富島。昼は快晴じゃったけど、今は大雨。今ね、近くに雷が落ちたみたいで、停電中と。うん、それでね……」

　夜中なので小声で話しながら、部屋の外へ出て行った。しばらくして戻ってくると、ケラケラ笑っていた。

「二十年ぶりの再会を話して、一緒に飲んでたら、雷落ちて停電したって言うたらね」

「うん」

「むこうで三人で女子会……あ、女子って図々しい？　そういえば、飲み会誘われてたけど、島に行くって断ったんだった。なんかむこうでキャアキャア騒ぎよった。ドラマの観すぎよねぇ」

「これから、どう展開すると？」

「うーん、全何話かにもよるよね」

「急展開する？」

「それで？　どんなストーリー？」

「実は、逃亡犯とか」

「逃避してきただけじゃん」

　痛いところを突く。生き残るための、逃げるが勝ち。勝ち負けを気にしないといいつつ、究極、生きるということは生存競争に勝つということか……逃げるというより、危険回避と言い換えよう。

チカチカと電気が点滅し、回復した。

「マチガイってなんやろか？」

ぼくはビールを吹き出しそうになった。

「でも、ふたりとも、ひとりもんやったら、マチガイにはならんよね？」

真顔で言う。

「食べる？」

困り果てて、おばぁ自慢のサーターアンダギーを差し出した。「ありがと」と受け取り、手を止めた。

「この味、これで終わりなんかな？」

おばぁの話を真に受け、枠を超えて再びこの島に戻って来たとしたら？ 冗談も通じないのかと、あしらわれるだろうか。いや、ここでは普段ありえない奇跡のような出来事が起こる。「あきさみよー（あらまあ）」と、少しは驚かれるかもしれない。「なんくるないさぁ」はどうにかなるに直訳されるけど、もっと深い意味があるような気がする。日々、心身を疲弊させ逃げ出したい衝動に駆られるとき、無意識につぶやく「なんくるないさぁ」は、大丈夫、大丈夫と気持ちを切り替えるのに、もってこいの言葉だった。何もかも捨てて身ひとつでおばぁを訪ねたら、「なんくるないさぁ」と受け入れてくれるような気もする。厨房でサーターアンダギーを揚げていたのは、使い込んだ鉄製の中華鍋。キツネ色に揚がったそれを、バットに並べ油を切る。油と少し甘いにおいがする。ふと我にかえると、鼻先に半分のサーターアンダギーを差し出されていた。

「やっぱり、おばぁが作ったのは美味しいとよね」

モグモグと口を動かし、ビールで流し込む。

「ビールとは合わんとやない？」

「気にせん、気にせん、なんくるないさぁ」

「習得するのに、どんくらいかかるんやろ？」

「わからんとよね、前に作り方聞いたら、てーげーっていう返事やった」

「てーげー？」

「うん、適当っていうか、だいだいっていうか。勘と目分量」

半分を口に入れる、おばぁの味はやさしい甘さだった。

「庭にゴーヤとパパイヤ植えよう。アカバナーとブーゲンビリアは入口の方ね。庭にテーブルと椅子、五セットくらい置けるかな。ザルにサーターアンダギー並べて、コーヒーか紅茶のセットってどう？　毎日、機嫌よく暮らすと。どう？」

妄想が止まらない。

「どうって、一緒に暮らす？」

聞き返すと、「あっ、そうか」というような顔をした。

「ミンサー織りくれる気かと」

「でも、なんか気兼ねなく共同生活できそうな気がせん？」

「分身やからね」

呆れて答えるしかない。

「明日早いから、そろそろ寝ようか」

鍵なし襖一枚は、全く意識しないわけにはいかないが、彼女は警戒のかけらもない。人畜無害のいい人とは思われがちだが、あまりに無防備すぎるので
「マチガイは起きんかな」

と口にしてみた。しかし、その返しは秀逸で「じゃ、明日」と言わざるをえなかった。

互いの部屋に戻り、襖を閉めた。一線を引くように。電気を消し、横になるとタオルケットを引き寄せた。シーツはパリパリにのりが効いていて、太陽のにおいがした。若干、複雑な心境でもあるけど、思い出して笑いが込み上げる。

「えっ、だって、倫理上まずい気がする。近過ぎる？生き別れた一卵性双生児みたいな」

隣の部屋はすでにシンとしている。明朝、日の出を見に行こうと、屈託なく笑っていた。

「そっちこそ、ドラマの観過ぎ」

まず急展開はなさそうな状況に、かえって安堵する感もある。寝返りをうち、襖に向き合った。かなさんどー。切ないほど愛おしい。ときにその感情は息苦しさを伴う。愛おしいの語源は、いと（とても）惜しいではないかと秘かに思う。失いたくないと強く願う。極端すぎると自分でも思うが、かなさんどーの人や動物や自然に対し、常に死んでくれるなと願っている気がする。実家に帰っての家族団らん、友だちとの普段の何気ない会話の途中でもそれは思うし、足元にじゃれつく元気なさかりの愛犬に対しても思う。野生動物が精いっぱい生きている姿にもそう思う。漠然とした死への恐れをそれは超えており、いつか必ず死ぬ、が頭から離れない。自分自身は死ぬのが怖いというより、かなさんどーの人たちに二度と会えないことが怖いのかもしれない。

そうか……さっき、彼女がぼくに「死にませんように」と言ってくれて嬉しかったのは、かなさんどーと言われたように感じたからかもしれない。それほど本気で言ったわけじゃないかもしれないが、彼女と自分の感覚や感性は似ていて共通点が多い。真意として受けとろう。嫌いといわれるより、好きといわれれば悪い気はしない。

隣の部屋から聞こえてくる微《かす》かな寝息がかなさんどー。生まれてきて、今まで無事に生きてくれて、出会ってくれてありがとう。この上なく穏やかな気持ちで眠りについた。

電子音が鳴り、反射的に飛び起きる。胸に手を当てた。いつも首から下げた携帯を胸ポケットに入れているせいだ。寝ぼけ半分での条件反射に、自分で憐憫の情を抱かずにはいられない。

目覚まし時計は隣の部屋で鳴り、ゴソゴソと起き出した気配がする。

「起きた？」

「うん」

歯ブラシを咥《くわ》えたまま、共同の洗面所に行く。タイル貼りの洗い場は蛇口が四つあり、洗面器が一つだけ立てかけられていた。シャコ貝の貝殻が石鹸入れになっている。石鹸を手に取り泡立てる。島でしたことないなと、なぜか少し慌て気味に髭を剃る。昨日のホテルにあった使い捨てのカミソリが重宝するが、この場面をなぜか見られたくなかった。

小窓から外を見ると、まだ真っ暗だった。日の出を見るためには、暗いうちに東側の海にたどり着く必要がある。

「民宿のおじさんが、朝のうちやったら、自転車、自由に使っていいって」

出入口には、もちろん鍵などかかっていない。島の民宿はたいていそうで、門限もなく、いつでも出入り自由だった。宿代を後払いにしているところは、いつも心配になる。払わずにいなくなることは、良心の呵責を感じないヒトなら、容易にできそうだ。

懐中電灯で自分のビーチサンダルを探し、抜き足差し足で外に出た。もちろん、自転車には鍵がなく、五台あるうち二台はパンクしていた。

夜明け前、キョロロロロとアカショウビンが鳴く。

「一緒におったんかな？」

みさきさんは嬉しそうにつぶやいて、二羽の赤い鳥が鳴いた方向を眺めた。

しらじらと夜が明けようとしていた。東を目指して、ペダルを踏みこむ。

「うちなーぐちで東をあがり、西をいりって言うよね。太陽が上がる、入るってことで、自然とともに生きてるって感じがせん？」

「あ、そっか、だから、西表島も西って書いて、いりって読むんか」

雑木林を抜ける小道は舗装されておらず、中央に雑草が生えていて、ビーチサンダルをつっかけた素足を濡らし、ちぎれた草や葉がくっついてくる。

浜へと続く道の入口に自転車を置き、海へ出た。流木に腰かけて待つ。特別なことではない、毎日、淡々と行われているこの儀式……空は紫色から群青色に変わり、ぼんやり明るくなって、オレンジ色が雲のすきまに見えてくる。ひときわ明るい星は金星、明けの明星だ。

あがりの海、水平線から太陽が顔を覗かせる。

いつもなら、ぐっすり眠りこんでいる時間だ。日の出なんて久しぶりに見た。今日の太陽《ていだ》、明日も明後日も、十年後、百年後もいつの世までも、この地球を照らし給《た》ぼり……

そう祈りたくなる。そして、そこに絶滅の危機を乗り越えたシロクマや、沖縄が生息地の北限といわれる姿を見せなくなったジュゴンや、現在絶滅危惧種といわれる動植物がいてくれたら……

「この空も海も、魚も鳥も、そこにいるヤドカリもスナガニも、さっき会ったヤギも猫もアカショウビンも、好きな人たちも……」

彼女が言いたいこと。全てがかなさんどー。

「あきらめきれんとよね」

そう言うと、ハッとした表情を浮かべた。ちょっと泣きだしそうにも見えた。救いようのない世の中だと肩をすくめながらも、この風景を失いたくないと切実に望んでいる。

「もし、子どもがいたら、この風景を見せるかな？　見せたいと思う？」

目の前の海や空はまるで追い打ちをかけるように、美しい変化を見せる。スコールが降ったのか、虹までかかった。

「きれいだね、大切だねって子どもに伝えることは、すごく残酷な気がする。私たちは過程を見てきた。子どもたちは結末を見る気がする。この風景を知らないほうが幸せかもしれん」

興味深い傾向に気づいたのはいつだったか……同年代のおひとりさまは、もしも子どもがいたらを仮定するとき、幼児を想像しがちのようだ。若い時期に結婚していたら、成人を迎える子がいても不思議ではないのに。入社してくる新入社員を冷静に子どもでもおかしくはないと思ってみる。全く実感がわかない。ここまで育てるのに、親はどれほどの苦労や心配をしてきただろうと想像してみても、霞《かすみ》がかかったように具体的に浮かばなかった。あの頃、未来に怯えがなければ、親の役割を担うことを厭《いと》わなかっただろうか。

雲の切れ目から射し込んだ光が、放射線状に降り注ぎ、海面を白く輝かせた。薄明光線。

「天使の梯子」

「あの梯子を登ったら、楽園がある？」

「ニライカナイ？」

沖縄で昔から信じられている、海の向こうにあるという理想郷。

「もし、そんな場所があるなら、避難させたい」

罪なきものたち……自分が霊長目ヒト科の動物、ヒトであること自体の罪深さを抱えて生きている。せめて、罪なきものたちを救いたい。いや、救うだなんておこがましい。

「ノアの箱舟みたいに？」

彼女はしばらく考え、首を横に振り「選びきらんよ」とつぶやいた。だれがどんな基準で、生き残るべきものを選び、他を切り捨てるというのだろう。命は比べられない。選べるわけがない。ただ、取捨選択することで生き残る確率があがるのなら、選ばざるをえない。自然界ではそうやって、種を守り、命をつないできた。

「あ、ごめん、ごめん、また巻きぞえにした？　でも、選ぶことで救える命もあるとよね」

選ぶことで救える命……ぼくは心の中で反芻した。実家の犬は、歴代いわゆる譲渡犬として我が家の一員になっている。なぜか、両親はその譲渡会にぼくだけを連れて行かなかった。遊びから帰ったら、家に犬がいた。仲間はずれのようで姉に文句を言うと「あんたには無理」とのことだった。少し成長してから、その意味を理解する。迷いが一つの命さえも救えないであろうことを、家族はわかっていたのだろう。他のもしかしたら、命を落とすかもしれない犬たちを前にぼく自身、正気を保つ自信がない。選ぶ一方で見捨てなければならない決断を免除されたまま、大人になった。そんなことをぼんやり考えながら、日差しを反射してやたらとまぶしい砂浜に目をしばたたいた。

「あきらめきれんとよね」

みさきさんがポツリと言った。波うち際で、サンゴのかけらがシャラシャラと音をたてて転がる。温暖化の影響で海水温が上昇し、サンゴが白化、死滅する。色を失くして打ち上げられたサンゴはまるで骨のようだ。それでも、まだあきらめきれない。満月の大潮の夜、海の中ではいっせいにサンゴが産卵する。ピンク色の卵は海を漂い、やがて着床し成長して、再生する。海亀の鼻に突き刺さったストローの映像は痛々しく、海獣たちは、胃に詰まったビニール袋で命を落とす。深刻化する海洋汚染として海を漂うマイクロプラスチック、武器を開発するより、これらを一網打尽にする機械を誰か発明してくれないだろうか……そもそも、自分で手に負えない物を人類は作り過ぎた。北極の氷がこれ以上溶けださないように、二千百年を超えてシロクマが生きていられるよう……手立《だ》ては残されていないのだろうか。それらがヒトが追い求めてきた便利さがもたらしてきた弊害であり、自分自身も加担し続けている罪悪感がいつも苦しい。そして、ひとりでよかったという結論にいつもいきつく。ご先祖様には申し訳ない、未来社会に貢献しない罪悪感もある。でも、もう、自分の代で終わらせようと……

「ちむぐりさ……」

「うん、そうやね」

みさきさんは相槌をうち、胸のあたりを押さえた。沖縄にはどこか上から目線の、どこか他人事のような「かわいそう」という言葉がないと、子どもの頃読んだ本で知った。肝苦《ちむぐり》さ、肝は心のことで、つまり心が痛む、胸が苦しい……と、相手に寄り添った気持ちを表現するうちなーぐち。子どもながら、かわいそうという言葉に違和感と嫌悪感を覚えていたぼくにとって、それこそ肝にストンと納得のいく言葉だった。

「こうなったら、もっと、あきらめきれんごとするから、つきあって」

こうなったら……がどうなったらなのか全くわからなかったけれど、こうなったら、とことんつきあうつもりだ。もともと、誘いは断らないほうではあるけど、みさきさんの誘いはなにより好奇心がそそられる。どこに連れていかれるかお楽しみのミステリーツアー。

民宿に戻ると荷造りをして、朝一の便で石垣島に戻ることにした。八重山の点在する島々に渡るためには、いったん、拠点である石垣島に戻らなければならない。港までは当然のように、民宿のおじさんが車で送ってくれた。

石垣の離島ターミナルに着くと、その足で乗船券売場に行き、行き先を告げた。そういえば、さっき話題になった島だった。

朝食もまだだったので、ターミナルの端にある売店に向かう。土産物やTシャツ、マリンレジャーの道具も売っていて、写真屋もある。弁当や飲み物も販売していた。

「やっぱり、定番？」

ラップで巻かれたポーク玉子おにぎりとさんぴん茶を手にし、パック入りのゴーヤチャンプルも買った。ラップ、ペットボトル、パック……プラスチックごみが確実に出る。じゃあ、どうすればいい？　便利さをもはや手放せず、少しばかりの罪悪感で、うやむやにしようとする。ヒトは一生の間にどれくらいの物を消費し消耗し、破壊し汚染したあげく死んでいくのだろう……もしも、自分が死んだら、どれくらいの物を残してしまうか？　窓の外に見えるスズメたちは、死んだら肉と骨と羽を残すだけで、やがては微生物に分解されて土に還るだけなのに……

「箸は大丈夫です」

昨日、おばぁにサービスしてもらった箸があと三膳残っている。ぼくたちは顔を見合わせて笑った。

椅子に腰かけ、腹ごしらえをする。青い四角い形の缶詰、ランチョンミートを一センチくらいの幅に切り、玉子焼きと一緒にご飯ではさみ、海苔で巻いたおにぎりは、やっぱり島で食べると、格別に美味い。

「マヨネーズ美味しいけど、カロリー高いよね。コレステロールが気になるお年頃」

「人間ドッグの結果、このごろ気になるもんね」

「もし、自分の寿命がわかったらどうする？」

「驚く」

それはそうだが、生きるとか死ぬを茶化しているわけではないことは、その表情から読み取れる。真面目に想像していた。

「後悔するかな？　けっこう、楽しく自由に生きてきた気はするとよね。ただ、親より先に死ぬのだけは避けたい」

それは一番の親不孝だ。ただ、一瞬先のことは誰にもわからない。不慮の事故や事件に巻き込まれることも、そう、健康診断でなにか見つかることも、加えて毎年、経験したことがないといわれる災害が身近で起こることも、ないとは言い切れない。

「部屋も片付けたいし、親や友だちに会いに行きたいし、仕事の引き継ぎもせんといかん。って、真面目かっ」

自分で突っ込みを入れ、

「うわ、このゴーヤチャンプル美味しい」

食べて、食べてと促すみさきさんは、心から生を満喫しているように見えた。どうか……

「ん？　なん？」

つい癖で目をそらす。「死にませんように」と、心から祈った。

「船、来たよ」

桟橋と桟橋の狭い場所で、何艘も着岸したり、離岸したりしている。

待ちきれないように乗り場へ向かう後ろ姿を追いながら、ターミナルにあふれた人々を見る。ここにいる人たちは自分にとって、好きでも嫌いでもない他人。しかし、ここにいる人たちは誰かの親であったり、子どもであったり、友だちであったりする。誰かにとってはかけがえもなく大切な人のはずだ。ぼくはここにいる誰の死も望んではいない。うん、それは確かだ。ただ、もしも今、命に関わる事故や事件や災害が起きたとしたら、真っ先にあの人を助けようとするだろう。自分の大切なものを優先的に守ろうとすることは、利己的なのだろうか？　医師ではないから、トリアージを迫られることはないけど、ひとりを優先して選ぶことが、他を見捨てることになるのだろうか？　飛行機事故のニュース速報で「日本人は含まれていない」にひとまず、知り合いがいないことにホッとする。我が家の愛犬が行方不明になり、保健所に問い合わせたとき、特徴が一致する犬はいないという返答にひとまず、よかったと思った。そして、罪悪感が襲う。違う、違うと言い訳をする。誰も、どの犬も、命をうばわれることを望んではいないんだと……シッポを振って泥だらけで帰ってきた犬の首を抱いて大泣きしたとき、ぼくは、うちの子ではない命の期限を決められた犬たちに謝ることしかできなかった。肝苦《ちむぐり》さ……

船会社が二社あるので、購入したチケットを取り出し、どちらの船かを確認するのにキョロキョロしている。

大丈夫、いざというとき、ひとりしか見えないはずだ。自分の大切なものを優先する。たぶん、それは罪じゃない。

こっちこっちと手招きしている。ぼくは頷いて、その後を追った。

船内はクーラーがよく効いていて、寒いくらいだった。バスタオルを肩に羽織って寒そうにしている女の子もいる。みさきさんは窓際の席に座り、リュックを膝に抱えていた。他にいくらでも席は空いているのに、隣に座るべきか迷う。

「ねぇ、ハブクラゲって遭遇したことある?」

各座席にある海水浴で注意するべき危険生物の写真が載った紙をかざしてみせ、隣の席に自然に誘導された。たぶん、ぼくの迷いが手に取るようにわかるのだ。

「いや、ないけど、ゴンズイやウミヘビにはよく会うよ」

リュックを抱えて、隣に座った。

「きつくない?」

みさきさんはニヤリと笑う。

「言うと思った」

港を出ると船は速度を上げ、ときに一瞬浮いて、船底でドォンドォンと海面を叩くように進む。島には五十分ほどで着くはずだ。朝早かったせいもあり、すぐに隣でうとうとし始めた。ぼくは彼女側の窓ではなく、離れた反対側の窓から遠目に景色を眺めながら、五十分を過ごした。島に到着するアナウンスが流れ、隣でリュックに挟まれながら、大きく伸びをしていた。

「なんだか、生きものの気配が濃ゆい島って思わん？　あの森にはいろんな生きものがいるとよね」

「濃ゆいって、九州弁って知っとる？」

「うそ、知らんかった」

みさきさんは「宝箱みたいな島」と表現し、最後の砦だとも神妙な面持ちで話した。

港に着くと、観光客や地元の人が下船する横で、食料や生活用品、新聞や雑誌が下ろされ、台車に積まれて運ばれていく。かわりにパイナップルの箱が船に積み込まれていった。

ウェットスーツを着たダイバーが、ツアーの小さな船で港を出ていく。待合室では若い女の子たちが、椅子に座って眠りこけていた。島の生きものの案内板もあり、みさきさんの言う宝箱の中の宝物たちなのだろう。

「でもよね、天然記念物だから、珍しいから、大切ってわけじゃないよね」

案内板には紹介されない生きとし生けるものたち……深い森の中で精いっぱい、その生を謳歌しているだろう。ぼくは「そうやね」と頷いた。

「とりあえず、泊まるとこ探そうか」

急に決めたので、宿もとっていなかったのだ。港の近くには数件の民宿がある。ガイドブックを開きながら

「まず宿代をチェックするのが、庶民だよね」

「まぁね」

近くのお手頃価格の宿に、飛び込みで聞いてみることにした。

「暑っ」

ターミナルを出て、同時につぶやいた。

宿の入口の植木鉢には、プルメリアの花が咲いていた。いかにも南の花というような五つの花弁が手のひらを広げたように咲いている。

「部屋あるって」

すでにビーチサンダルを脱いで、厨房にいるスタッフに声をかけていた。

「どうする？」

ぼくは軽く頷いた。彼女はスタッフに向き直り、手続きをしている。部屋の鍵を一つしかくれなかったようで、慌てていた。

「ぼくは構わんよ」

「こっちが構う」

「倫理的にまずい？」

「もう、ふざけてないで、はい、鍵」

鍵を渡された。

「ひとりが長いと、ひとがおるとゆっくり寝れんことない？」

「さっき、爆睡しちょったよ」

バチンと肩を叩かれた。スリッパを履いて階段を上がると、両側にいくつか部屋があり、完全に個室になっている。

十分後集合の約束をして、各自の部屋に分かれた。荷物を置くだけだったので、先に一階におり、籐《とう》の椅子に腰かけてカウンターにあったパンフレットを広げた。島に生息する動植物の紹介や、海遊びやトレッキング、カヤック等のショップ案内がある。

「この先もう一軒商店があるけど、先に買っとこ」

近くの商店で水を準備し、自転車を借りるという。

「何時間にしますか？」

「一日だったら、何時に返せばいいですか？」

「十八時です」

少し考えている。

「明日の朝なら？」

さすがにギョッとした。一晩中、走る気か？　まさかと思うが、やりかねない。

「十八時だと、間に合わん」

「十八時にしてて、明日の朝九時に店開くので、その頃でもいいですよ」

特別サービスというわけでもない、このゆるい感じが、日頃、マニュアルやルールに縛られている身には心地よい。島旅の醍醐味のひとつかもしれない。

「行こ」

ペダルを踏みこんだ。走り出してすぐに、登り坂になる。

「登り切るまで足つかんかったら、願いが叶うって、子どもんころ、しよらんかった？」

「うん、しよった、しよった」

あの頃のように立ち漕ぎで、ペダルを踏みこむ。昔と違うのは、体の重さと体力の消耗度で、自転車は蛇行するし、息は切れ切れだった。

「なん、祈った？」

「それどころじゃなかった」

汗だくで息を切らせながら、首を振る。海と森を見おろす坂の上で、彼女もふぅと息をつく。

「みんな……死にませんように」

読唇術を身につけてるわけではないけど、みさきさんは声は出さずにそう言った。

ふと空を見上げると、はるか上空に鳥がいる。上昇気流に任せ羽ばたきもせず、ゆっくり旋回している。たぶん、アヤパニだ。美しい羽……の意味でカンムリワシを八重山方言でアヤパニという。深い森は確かに生きものの気配が濃厚で、手つかずの自然が残っている。海にはマンタが悠然と泳ぎ、海亀が産卵にかえってくる浜がある。

「この景色ったら……」

あきらめきれない……の意味を知る。地球上の生物の中で唯一「手」を持つヒトが、この海や森に手を出さないことを祈るばかりだ。

「毎年ね、この景色が変貌してたらって、気が気じゃない。一年前と同じ景色でありますようにって、確かめたくてここに来るのかも」

開発という破壊を見せつけられている。手をつけられたら、終わりだ。こわごわ確認し、変わっていなければ安堵する。不要な手が加えられていれば「ほら、やっぱりね」と、投げやりに思うことで、無理にバランスを保とうとする。頼むから、手を出してくれるな。手を出せば、命が失われる。死にませんように……の祈りが叶わない。

時折、車は通る。この炎天下に自転車なのはぼくら二人くらいのものだ。干潮を迎えたマングローブは、タコ足のような支柱根や膝を曲げたような膝根をあらわにしたヒルギの森……干潟《ひがた》には大きなハサミを小刻みに振るシオマネキやまんまるい形のミナミコメツキガニがいて、食事の最中だった。自転車を止めて近づくと、シオマネキは巣穴に隠れ、コメツキガニは一斉に砂にもぐった。

「ごめん、ごめん、食事の邪魔したね」

と、離れる。トントンミーと呼ばれるトビハゼがその名の通り、ピョンピョン跳ねて移動し、飛び出た目で辺りを見回す。愛嬌のある顔で可愛らしい。道の前方をチョコチョコ歩く鳥はシロハラクイナ。逃げ足が速く、草むらに消えた。「イリオモテヤマネコ　横断注意」の看板をいくつも見かける。

この景色ったら……

いつの世までも……みさきさんが竹富島で選んだブルーのミンサー織りには、その祈りが込められているのかもしれない。

道の脇にパイナップルの無人販売があった。手作りの売台に、プラスチックの浮きに穴を開けたお金入れが吊るされている。土産物屋や商店に比べると破格の安さだが、盗みも金額の誤魔化しも簡単にできそうだ。もちろん、防犯カメラもないし、そんなものがここにはあって欲しくない。ゆっくり本を読みながらコーヒーを飲みたいだけの喫茶店でも、監視される日常で、せめて島にいるときくらい見張られずに過ごしたいし、島だからこそ、人を疑ったり、裏切ったりして欲しくない。でも、心無いヒトは確かに存在し、思いもよらない……いや、想定した通りの言動をするから、ヒトには期待をしないほうが賢明だ。あきらめることで、身を守っている日常だから、ここでだけは……と願う。無防備すぎるほど人を信じているような無人販売で、販売数と金額が合って欲しい。もしくは、釣りはいいですと、多めに入っているくらいがいい。

浦内川の河口近くから、マングローブの川を遊覧する船が出ている。カヌーも借りられるらしいが、どうやら目的は違うらしく、自転車を駐車場の端っこに止めると、それらの受付を見下ろしながら、山道へと誘導する。軽いトレッキングだと、舗装されていない山道へ入り込んだ。

「空気まで、緑色に見えん？」

右下の川からは船のエンジン音が響き、観光客の歓声も聞こえる。それをかき消すように幾種類もの鳥の声がする。なじみのリュウキュウアカショウビンや尺八の音色のような不思議な鳴き声は、抹茶色のチュウダイズアカアオバト。シロハラクイナの声も聞こえる。

時折、道の脇の落ち葉から、ガサゴソと音がする。

「たぶん、キシノウエトカゲ」

「トカゲにしては音がでかくない？」

「でかいよ。三十センチくらいのもおるもん」

そりゃでかい……と、三十センチのトカゲを想像する。木漏れ日の降り注ぐ落ち葉や倒木の上でよく日光浴をしているらしいので、探しながら歩いた。この緊張感と高揚感は久しく忘れていたものだった。未知なるものとの遭遇への期待感は、少年の日を思い出させる。

カサコソと音がして見ると、キノボリトカゲ。この子は沖縄本島でも見かける。名前の通り、木に登り、ちょうど目線の高さでこちらを窺うようにしている。腕立て伏せをするような動きをした。

「おった、おった」

声を潜めて、視線を向けて教えてくれた。光沢のある鱗で迫力あるでかいトカゲ。二十センチくらいだから、これでも小さい方なのだろう。陽だまりで、目を細めながら日光浴をしている。

「カッコいい」

小学生レベルの感想。恐竜や怪獣が好きだった少年の日。そしてそのまま大人になった。そういえば子どもと大人の境界線を越えた記憶がない。

「まだ紹介したい生きもんがおると」

しばらくして
「おった、おった」

まるで魔法使いのように、出現させる。

「天然記念物の亀やよね」

「うん、セマルハコガメ」

前方に現れた亀は、人間の気配を感じると頭と足を引っ込めた。珍しいのは胸辺りに蝶番《ちょうつがい》があり、まるで貝のように完全に閉じるので、石が転がっているようにも見える。

「これだったら、簡単に捕獲されるよね。販売や飼育目的の密猟が横行してるみたい」

「森で会うから、ワクワクするのに」

通り過ぎて振り向くと、ゆっくりと頭と足を出したところで、ようやく慌てて逃走を始めた。死にませんように……野生動物の捕獲は、死につながる。

「宇多良炭鉱跡？」

「うん、この奥に炭鉱跡があると。昔、ここに数百人暮らしてたらしいよ」

にわかに想像できなかった。まさしくジャングルの中、蒸し暑くて自分の汗なのか、空気中を漂う水分なのか、肌にまとわりついてベタベタする。彼女の指示で、熱中症対策に五百ミリリットルの水を二本準備していた。暮らすには決して快適な環境ではないことを、容易に想像できる。ここに来るまで、何度も給水タイムがあった。

「過酷な労働を強いられて、伝染病も蔓延して多くの人が亡くなったって。脱走しても連れ戻されたらしい」

まるで開けた場所のないところに、数百人もひしめき合えば息苦しかっただろう。のんきにパーソナルスペースの確保を……なんて言っている場合ではない。

板ばりの遊歩道の突き当たりが若干、開けており、観光客が見学できる展望デッキのようになっている。トロッコ電車が走っていたというレンガ造りの橋は、絞め殺しの樹と物騒な比喩を用いられるガジュマルにからみつかれている。廃墟と化した炭鉱は、ジャングルの奥で静かに、森に呑み込まれるのを待っているかのようだった。

不意に、栄枯盛衰、ツワモノドモガユメノアト……の句が浮かんだ。ここでの暮らしは生きるか死ぬかの戦いであったはずだ。かつて賑わった村は消え、記憶からも忘れ去られていく。鳥のさえずりしか聞こえないこの場所での喧噪を想像することすら難しかった。いずれ、完全に森に呑み込まれ、この展望デッキさえ朽ちていくのかもしれない。

見上げると、木々の間からわずかながら空が見えた。労働者たちは、あの空の向こうを夢みただろうか。いつか、解放されると……。

みさきさんはしばらく、ぼくを放っておいてくれた。沈黙を破ったのは……顔を見合わせて笑った。

「おなか空いたね」

自転車を置いた場所はここから、わずか一キロしかない。緑の牢獄と呼ばれた場所から抜け出すことが出来ずに、命を落としていった人々。ぼくたちは静かに、そこを後にした。

「祖納《そない》まで行ったら商店があるから、そこでなんか買おうか」

道なりに進む。浦内橋を渡り、右手にマングローブを形成するヒルギの群生を眺めながら、星立の集落を通過し、祖納へ急いだ。

通行の邪魔にならないように自転車を置き、店に入った。レジ前の平台にジューシーおにぎりとゴーヤチャンプルの弁当、ポーク玉子の弁当等が陳列されていた。みさきさんはパンの気分と、冷蔵庫からコーヒーを持ってきてパンを選んでいた。ぼくが弁当を手にしていたので「さんぴん茶でいい？」と、ついでに持ってきてくれていた。

集落の中を進み、すぐに海が見えてきた。いつも、この小路から見える海の色に、息をのむ。薄いベージュ色をした砂浜から、波打ち際の白いしぶき、沖にいくほど濃くなっていくブルー、深いところの藍色。沖に白い波がしらが見える。サンゴ礁が広がっているはずだ。浜から、グンバイヒルガオが海へとつるを伸ばし、いくつかの紫色の花を咲かせていた。

「引き潮やね」

小舟が座礁したかのように、浅瀬で傾いている。波打ち際に近づくと、小魚が泳ぎまわっていた。

左方向に岩場が見え、日陰を探す。砂浜を歩けばいいのに、ショートカットと言って、浅瀬をザブザブ歩いていく。雨上がりの水たまりに長靴でわざと入る子どもみたいだ。干潮になってもぎりぎり海の中にあるイソギンチャク発見。膝下あたりの深さで、上から見ると、やっぱりいた。オレンジ色の小さな魚が、イソギンチャクの中から出たり入ったりしている。この種類も一時期、密猟が横行したらしいが、ブームが去ったのか、こんな場所にいても無事であることに安堵する。犬や猫もブームが去った後、同じ種類ばかりが保護される。罪深いことばかり……しばらくふたりで、カクレクマノミを観察した。

「いい年して、怪しいよね」

実年齢に相応して、成長していない気はする。これも、おひとりさまのせいか？　若いですねは褒め言葉ではなく、それを指摘されているようにいつも感じる。確かに、なんの責任も負ってはいないし、相手にしてみれば、背負うものがないというのは社会的信頼にも欠けると思わざるを得ないのだろうなと、認識はしているのだ。これこそ、多種多様な生き方のひとつとして、許容してもらえないものか……許容というか、放任でいい。被害妄想？　ちょっと待てよ、あちら側とこちら側の境に線を引いているのはもしかしたら自分自身？

「大丈夫、大丈夫」

彼女はそれも全て受け入れ、ふっきれている感じがする。

直射日光を避け、座り心地のよさそうな石と流木に腰かけた。海を見ながらこんな空の下で、弁当を広げるなんて久しぶりだ。多くは望んでいない。こんなささやかな楽しみがある日常はどんなに幸せだろう。

少し遅めの昼食後、バスの終点、白浜を目指す。西表島は西側は白浜で道が途絶える。一周できないのだ。そこからは船でしか行けない船浮《ふなうき》という集落がある。船でしか行けない場所に、昔の人はなぜ根をおろしたのだろう。便利であるが故の不自由、不便さの自由、後者を選択したのかもしれないと、勝手な想像をする。

トンネルを抜けると白浜の集落で、終点白浜のバス停と船浮行きの船乗り場がある。しばし、海をながめ、島の西の果てに到達したことに満足し、今来た道を折り返す。

早朝から行動しているからか、一日がたっぷりとある。楽しいことはアッという間に過ぎるというが、仕事のほうが時間が足りない。いつも何かに追われているようで、それが何のためなのか、いまだにわからずにいるが、生活のためと割り切り、生きるためにここに来ている。

「ねぇ、竹富島にいたのって今日の朝よね？　すごく、昔のような気がせん？」

実は島旅での時間の感覚は、いつも不思議だった。楽しいのに一日が長くて、ついさっきの出来事が、昔のように感じる。それなのに、思い出すと十年前に訪れた島も、一年前に訪れた島も、記憶が同じくらいに鮮明なのだった。

「竹富島で朝日を迎えて、西表島で夕日を見送るって、なんか不思議」

太陽はまだずいぶん上にある。海は満ちてきていて、さっきの景色とまるでちがっていた。横倒しになっていた小舟は、ちゃんと浮かんでいる。海からのぞいていた岩場はすっかり見えなくなっていた。

「あと二時間、なんして遊ぶ?」

「二時間?」

「うん、日の入り」

十八時に間に合わんの意味……島の西側で日没を迎える時点で今の時期なら、十九時半を過ぎる。自転車をその日のうちに返却するのは無理だったのだ。

前を走っていた自転車が急に左に曲がった。フクギ並木の集落は星立。干立《ほしたて》とも書く。大きく成長したフクギ並木は日差しを遮り、トンネルのようだった。赤瓦の民家、玄関先に吊るされたスイジガイは魔除けのためだ。六つの角のような突起が特徴的な巻貝で、形が「水」に似ているから、スイジというらしい。

自転車を止め、数段の階段を上ると、砂浜と海。太陽はいくぶん低くなり、ここで待つことに決めたらしい。日常で「待つこと」は極力避けたい。時間の無駄だし、非効率的、若干、イライラするから精神衛生上にもよくない。そういえば、島では待つことが多い。昇る太陽、沈む太陽、輝きだす一番星、光を宿す月……それまでの何もしない時間は決して無駄だとは思わない。待った後に与えられるものは、極上の贅沢なのだった。そして今晩も星が流れるのを待ちたい。

「海亀が息継ぎに海面に頭出すのや、冬の慶良間《けらま》にやってくるザトウクジラのブローや潜るときに見せるシッポをひたすら待つ時間もワクワクするよね。あ、行列に並んで待つのは嫌い」

「気が長いんだか、短いんだか」

堤防を歩いていくと、木製の小舟があった。沖縄の伝統的な小型木造漁船でサバニと呼ばれるものだ。あまり見かけることはないが、島遊びとしてサバニツアーなどもあるから、現在は観光に一役買っているのかもしれない。村では五穀豊穣を祈願する祭りに使われているとも聞く。

「サキシマスオウノキの根の平たいところで、オールを作ってたと聞いたことある」

「山の中にある根が平べったくて、波うってるみたいな不思議な木やろ？　ふーん、なるほど」

「仲間川のほうに多いよね」

「大原港に近い」

「大原から上原に行くのになかなかバスがなくて、かなり歩いたことある。待ちきらんよね」

「やっぱり、気が短いほう？」

「わからん。ま、人間って、二面性があるんやない？」

そんな会話をしつつ、浜をプラプラと歩いた。

「わかった」

「なん？」

突拍子もないことを思いつくので、身構えなければいけないと同時に、期待もする。

「今日はイリの果ての白浜に行ったから、明日はアガリの果ての南風見田《はいみだ》に行くってどう？大原方面」

「果てめぐり？」

「うん、うん」

いつか……ではない明日の約束。社交辞令でもなく、ドタキャンの心配もない。明日、南風見田の浜にいる。

「うん、いいね。行こう」

夕暮れの浜は、昼間よりも人が多い。昼の炎天下に動き回るのは、観光客か旅人だ。

夕飯を終えた子どもたちが集まってきて、はしゃいだ声をあげる。男女も学年も関係なく、兄弟のようにじゃれあっていた。高学年の男子は海で泳ぎ、高学年の女子はサバニのそばに腰かけて、ゆんたくを楽しんでいる。低学年の子たちは、追いかけっこだ。波打ち際では親子が波と戯れ、波を怖がる子どもを父親が抱き上げる。それは夕日を浴びた逆光で、優しいシルエットとして浮かぶ。

「そっちは危ないからダメ」

おしゃべりに夢中だと思われた女の子たちは、低学年の子たちに目を配り、注意していた。男子は相変わらずふざけていて、お互い沈めたり、沈められたりと大騒ぎしている。

三線の音色が響き、目を向けると中学生くらいの男子二人が防波堤の先にいる。たどたどしく、時には音をはずし、それでも一生懸命に練習していた。伝承……の言葉が浮かぶ。

黒いラブラドールと散歩していた女性は、ためらうことなく犬と一緒に海に入り、ボール遊びが始まった。

そんな平和で幸せに満ちた風景を、ぼくたちは黙って眺めた。こんな時も、あの空の向こうから破壊的な何かが飛んで来やしないかと、心配になる。よく夢にも見る。逃げろと叫んで、飛び起きる夢。もうすぐ太陽が沈む。あたりはオレンジ色に包まれ、波がしらも染める。水平線に夕日がかかったとき、ピタリと三線の音は聞こえなくなり、はしゃぐ声や水しぶきの音もやんで、しばし静寂が訪れた。誰もが同じ方向を見ている。まるで静止画のようだが、今日の太陽を見送った後、何事もなかったかのように動き始めた。子どもたちのはしゃぐ声、三線で弾いているのは安里屋ユンタだ。みさきさんが隣で「サー、ユイユイ」と、楽しそうにお囃子《はやし》を入れる。ボールをくわえた犬と女性はザバザバと海からあがり、そのまま散歩続行のようだ。

映画のエンドロールを最後まで観て、館内が明るくなったそのタイミングのような余韻に浸りながら、立ち上がった。

「十キロ弱くらい？」

「うん、そこそこあるね」

「ご飯、どこで食べよっかなぁ」

自転車にまたがったところで、気付いた。

「この自転車、電気ない」

「そう、よくあるとよね。潮風で錆びるんかな？」

「無灯火はいかんのやない？」

「こういうことがあるから、必需品。私の自転車は電気ついてるから、これ貸すね。念のため、民宿で借りとった」

懐中電灯を手渡してくれた。小型のＬＥＤライトとハンドルを一緒に握り、薄暗くなった道を走りはじめた。

「うわぁ、幻想的」

月明かりが海に反射し、水平線から陸にむけて白い帯になっている。

「鯨がブリーチングしたら？」

その光景はすぐに想像できた。海面を割って、十五メートルの巨体が跳ねる。背中から着水して、大きな音とともに水しぶきがあがる。人間に想像する能力を与えられてありがたいと思う半面、なぜその能力を与えられた人間が武器を開発し戦争を繰り返し、地球がここまでになるまで傷めつけてきたのだろうと思う。その引き金を引いたら、そのボタンを押したら、山の木をむやみに切り倒したら、海を埋め立てたら……欠如した想像力が、いや、充分に想像できていたはずなのに、なぜ繰り返してきたのだろう。なぜ、止められないのだろう。

「沖縄の民謡って、月を唄ったの多いよね」

ふんふんと鼻歌を歌っている。そのメロディーに癒された。

一時間ほどで、上原地区に戻って来た。民宿の裏の空き地に自転車を置いて、歩いて食堂に向かう。港付近に数件ある食堂で一番近いのれんをくぐった。九時前で少し遅かったのか、客はまばらだった。地元の人だろう、泡盛を飲んでご機嫌でしゃべっている。

端っこのテーブルにつき、壁のメニューを見上げる。

「お疲れさまでした」

先に運ばれてきたビールで乾杯し、ナーベラチャンプルと塩焼きそばを頼んだ。

「ナーベラ、美味しいよ。食べて、食べて」

取り皿に分けてくれたので、焼きそばをお返しする。竹を赤と黄色に塗り分けた沖縄の「うめーし」と呼ばれる箸を渡してくれる。

「赤は太陽で、黄色は月を表現してるんだって」

嬉しそうに話す。ナーベラはヘチマのことで、ポーク缶と島豆腐を一緒に味噌で煮たもので、独特の食感がある。日にあたりすぎたのと、今日はたぶん三十キロ以上走り、疲労感はあるが、島のビールと料理で癒される。

座敷のすみに立てかけられていた三線をおもむろに手に取り、ドファドに合わせるチンダミ（チューニング）をしたかと思うと、店の大将が沖縄民謡を披露してくれた。指笛が響き、いーやさっさと合いの手が入る。時々、遭遇する居酒屋でのミニライブは無条件で楽しい。

不思議なくらいの一体感がその空間に生まれ、カチャーシーを踊るまでに盛り上がれば、だれもが笑顔になる。ここにいる人はいつも警戒するヒトではない。みんながこっち側にいる。

「あー、楽しかった」

帰り道、余韻に浸りながら歩く。

「散歩して帰ろ」

ここでも懐中電灯は役立った。港に寄ると
「うわ、なん？　なん？　なんか光っとるよ」

岸壁にパチャパチャと打ちつける波が蛍光色に光り、顔を見合わせた。

「夜光虫？」

岸壁から身を乗り出して見るので「危ない、危ない」とTシャツの裾を引っ張った。

「保護者？」

「うん、そんな気分」

「けっこう、過保護よね？」

それは否定しない。度を越した心配性なのは自覚している。被害妄想が甚だしい。外は危険に満ちていて、どこでだれに、傷つけられるかわかったものではない。もしも、ぼくがひとの親なら、保育園や学校に行かせるのも躊躇するかもしれない。無事に帰ってくるまで心配でたまらない。やっぱり、向いてないなと思わざるを得ない。そして、ほら、やっぱりと思う。とっさに思い浮かぶ子どもは、幼い。自分が大人になれていないせいか……

たぶん、みさきさんと初めて会ったころから、そう変わっていない気がする。

「落ちたら落ちたで自己責任。良くんのせいにはせんから。自己責任って大事よね」

それはつくづく思う。まずは自分で防御し、対策をするべきところを、すぐに他人のせいにして責め立てる今の風潮は、どこか違和感がある。昔に比べて、立ち入り禁止の場所は格段に増えた。

「うわぁ、夜光虫初めて見た。黄色の蛍光ペンのインク溶かしたみたい」

プランクトンが刺激を受けて光る現象で、海の中に散りばめられた星のようだ。そして見上げると、満天の星。たなびく雲のような天の川。カシオペアと北斗七星くらいなら、わかる。

「ナータ浜まで行ってみる？」

本日宿泊の民宿の前を通り、船が停泊している港を抜け、堤防を乗り越えたところにその浜はあった。正面の鳩間島の灯台の灯りが、海の安全を見守っている。そういえば、島の波は穏やかで控えめで、静かに砂浜に打ち寄せ、その微かな音がまた心地よく、体も心もほぐされていくようだ。

「流れ星の見つけ方」

躊躇なく砂に寝っ転がる。つかず離れずの距離をおいて、横になった。通常のパーソナルスペースの範囲をはるかに超えているが、これ以上の勇気はない。反射的に相手がむこうに動けば、傷つく。離れすぎると淋しくて不安になる。近づき過ぎると、お互いの針で傷つけないかとためらう。心理学でいうヤマアラシのジレンマというやつかな……四十にして惑いまくりはこんなとこでもかと、苦笑するしかない。周りの人はこの、人との距離感にそれほど、悩んでいないように見える。快適な場所とスペースの確保は必須だし、そして情の持ち方、伝え方……やたら友好的に見えて、人間嫌いな部分も確かにある。あまり期待せず、あきらめも早いから、相手の言動に腹をたてることもない。かと思えば、本気でかなさんどーと想う人もいる。みさきさんの言う、二面性か……それにしては、極端すぎて自分でももてあます。

みさきさんはと言えば、微動だにしないから許容の範囲なのだろう。というか、警戒すらしていない。ヤマアラシの針ももののともせず、受け止めるタイプ？

「まっ、いっか」

ひとりごち、夜空を見上げた。天体と向かい合う感覚で、思わず両手を伸ばした。つかめそうで、つかめない。自分がどうしようもなく小さく感じる。でも、嫌な感情ではなく、小ささや、弱さを認めてもいいんだとどこかホッとしている。いつもどこか虚勢を張り、無理や我慢をしている。大丈夫、大丈夫……昔、泣きじゃくる背中をトントン叩かれているような安心感に包まれた。大丈夫、大丈夫……なんだろう？　この安らぐ感じは。まるで、子守歌みたいだ。横を見ると、小さな寝息をたてていた。大丈夫、大丈夫……

「ビール飲んだし、踊ったし、疲れたからな」

再び天体と向き合った。控えめな波音と健やかな寝息をききながら、穏やかな気持ちになる。かなさんどー。なんだか、星がぼやけて見えた。決して涙もろいほうではないはずなのに……自分がなぜ泣いているのかもわからない。目じりのおそらく涙を手の甲で拭きながら、流れ星に祈る。失いませんように……

「あれ？　寝ちょったかな？」

「うん、いびきかいちょったよ」

涙声がバレないように、慌てて取り繕う。

「うそ？」

「ご愛敬、ご愛敬」

冗談を真に受け、恥ずかしがって慌てている。

「えー、友だちにも言われたことないし、ひとりやから気づかんし……いびきって、自分でわかる？」

「うそ、うそ、寝っちょったのも気づかんかった」

「もー、好かん」

「流れ星、六、七個見たけど」

「え、一個も見ちょらん。やっぱり、寝ちょったか」

「帰ろうか」

「その前に、明日のバスの時間」

「自転車返さんといかんから、九時以降やね」

明日の約束。いつか……ではなく、数時間後のことで、きっと守られる約束に安心する。

宿の前を通り過ぎてすぐに、バス停がある。終点の豊原から白浜行きも、白浜から豊原行きも一日四便ずつしかない。自転車を返さなければならないので、一便には間に合わず、必然的に十一時過ぎの便になる。

「ゆっくりして、自転車返してから、朝めしにすればいいか」

「えっー、日の出は？」

恒例行事のようだ。

「こっちがあがりやから、さっきの浜に行けば見られる」

「やったら、早く寝らんと」

民宿はもちろん出入口に鍵もなく、門限もない。玄関には宿泊者のビーチサンダルが散乱していた。

「じゃあ、また明日。おやすみ」

「うん」

素気ないのは、どうも照れくさいからだ。それさえ察したようで、おもしろがって
「おやすみ」

繰り返した。

「うん」

次の言葉を待たれ、仕方なく一番使い慣れている別れ際の挨拶
「お疲れさまでした」

みさきさんは吹き出した。

「仕事モードはなし」

「早く寝らんと、明日早いよ」

必死でごまかし、ようやく各自の部屋に別れて解放された。シャワーを浴び、布団を敷いて、寝る準備を整える。電気の紐を三回引っ張ってから、横になった。薄いカーテン越しに、

灯台の灯りが等間隔の時間をおいて部屋に差し込んでくる。ヤールーがケッケッケッと鳴く。タオルケットを引き寄せると寝返りをうった

「おやすみ」

ようやく言葉にし、目を閉じるとすぐに眠りにおちた。

「おはよ」

「おはよ」

みさきさんはクスクス笑う。

「なんで、おはようは言えるのに、おやすみは言いきらんと？」

「なんか、こっぱずかしい」

白状する。

今日も晴れそうだ。鳩間島がくっきり見え、昨日見送った太陽を迎えた。

「おんなじ太陽なのに、朝は淋しくないよね」

確かにそれはある。昨日、一瞬の静止画のような浜辺の風景はみんな、沈む夕日を名残惜しんだのだ。寂寥《せきりょう》感に無口になる。送ると迎えるの違いが、おやすみとおはようにに似ているのかもしれない。おやすみは、別れがたいことを実感して、そして、かなさんどーを自覚するから、どこかこっぱずかしいのだ。

民宿の部屋にもどり、敷きっぱなしにしていた布団に寝転び、ガイドブックを開いてみる。昨日は西の果ての白浜、今日は南の果ての豊原。最南端のバス停の豊原から、三、四キロ先の道の果て、南風見田の浜がある。

いつのまにか眠ったようで、周りが動き出した気配で目が覚めた。

「起きた?」

そのタイミングで、部屋の扉をノックされた。

「あ、うん」

「そりゃそうと、今晩もここの民宿にする? 大原で泊まって大原港から石垣へ戻る方法もあるけど、ここに頼んで戻ってきたほうが安心じゃない? 大原で宿見つからんかったら困るし」

「あ、そっか、考えとらんかった」

「こっちはさすがに、道端で寝れんもんね」

そういえば、ぼくの荷物に寝袋を見つけて「ずるい」と文句を言っていた。いつも宿の心配はそれほどしない。もし見つからなくても、どうにでもなる。

「延泊頼もうか」

「わかった、聞いてくる」

当然のように一緒に行動しているのが不思議だった。さすがに新婚旅行には見えないだろう。何年か何十年か記念の旅行？　全く、ピンとこない。あくまでも、偶然出会った旅人どうしで、いちゃりばちょーでーとばかりに意気投合しただけだ。生き別れていた分身説もある。ちょーでーは兄弟のうちなーぐち、その説もあった。

「二部屋、このまま大丈夫って。大きい荷物置いたままでいいから楽よね」

いつものひとり旅なら、宿の心配も飯の心配も荷物の心配もしない。いきあたりばったりだ。どうしたって、男女の考え方や行動には違いがある。それをお互い許容し、妥協しながら、うまく折り合いをつけて共に生活することを想像すらできずに、今に至る。想像力旺盛なはずなのに、これればかりは昔から想像できなかった。想像できないことは、たぶん人はしようとしないのだ。あ、この人も。

「なん？」

「いや、なんでもない」

自転車を返しに行き、近くの商店で朝食を買った。一緒にいると、きちんと三食食べることになる。ピーチパインのデザートまで出てきた。

わりと時間通りに来たバスに乗り込むと、乗客は三、四人で、それぞれ離れた席についている。後方の海側がいいかと、振り向くと、運転手となにやら話していた。

「一日フリーパスがあると」

それを二枚購入していたらしいが、ぼくはとりあえず座った席の選択が間違いないか気になっていた。みさきさんは迷わず、隣に座ってきた。この人は針をもたないヤマアラシなのだろうか？

「窮屈？」

「いや、そんなことない」

「慣れてきたかな？パーソナルスペース狭まった？」

「パーソナルスペースは他人に対して確保しようとするから、分身なら発動されない」

「そっか」

ゆっくりと座りなおした。二匹のヤマアラシは試行錯誤の末、お互い居心地の良い距離を見つけたという。なにかの心理学の本で読んだ。

景色を眺めながら、他愛もない会話をする。

「あ、由布島《ゆぶじま》」

「たぶん、西表島っていったら、由布島に渡る水牛車のイメージかもね」

今回は素通りする。終点の豊原には十二時過ぎに着き、そこから道の果ての南風見田《はいみだ》の浜までは、四キロばかりある。歩いて往復し、豊原発の折り返すバスは十五時過ぎで最終なので、それほど時間に余裕がなかった。豊原から宿の上原までは四十キロ近くあるから、最終バスを逃して、歩くには現実的でない。

「あ、イリオモテヤマネコ」

「うそ、どこ？」

身を乗り出して外を見るので、さすがに近くて息を止めた。いや、ぼく自身が針を逆立ててないのなら、近くに寄っても大丈夫だ。いや、もっとそばに引き寄せたい衝動にかられようなものなら、もしかしたら、この居心地のよい関係性を壊すかもしれないと、微動だにできなかった。

「橋のたもとんところの像」

仲間橋の欄干の上に、イリオモテヤマネコの像があった。橋を渡ったところが大原で、石垣島からここ大原と宿のある上原の二つの航路がある。診療所の前を通り、終点の豊原のバス停で降りたのは、二人だけだった。案内は、次のバス停はもちろん空白で、日本最南端のバス停と表示がある。そういえば、昨日の白浜のバス停には、日本最西端のバス停と表示があった。果て巡り……

「あ、昼ご飯」

「たぶん、最南端の商店はだいぶ通り過ぎたと思う」

引き返すには距離があり、とりあえず先に南風見田の浜を目指すことにした。

「レンタカーにすればよかったかね」

「ダメ、それは邪道」

「意味わからん」

たぶん、不便さの自由を満喫したいのだ。ぼくたちはサトウキビ畑やパイナップル畑の間の一本道をひたすらテクテク歩いた。一時間弱で浜に到着。

「向こうに見えるの波照間島？」

「そう、日本最南端の島。なんか、最なんとかって、テンションあがらん？」

「波照間島って、果てのうるまって意味なんやって。うるまって珊瑚礁のこと。なんかいいなぁ」

「ここも、南の風を見る田って書いて、はいみだ」

「うん、ぴったり」

ひとしきり、南風に吹かれながら、海を眺めた。地図はここで道が途絶えている。島一周ができないことに、未知の魅力と人を拒む野生が残存する魅力がある。多くの野生動物が生き残っているこの島がいつの世までも、このままで……

「そろそろ、引き返そうか」

最南端のバス停から、白浜行きのバスに乗る。乗客は二人だけだった。帰りは彼女を窓際に座らせ、もう迷わずに隣に座った。海は凪《な》いでいる。こんなふうに気持ちを荒立てることなく、凪《なぎ》の海のように生きていたい。

「あーあ、明後日から仕事かぁ」

ドキンとする。聞きたくて聞けなかったこと、いや、聞きたくなかったこと。ただ、そろそろ覚悟しなければならないことは、うっすらとどこかで感じていた。人生でどれくらいの人と出会い、別れを繰り返すのだろう。いつか訪れる別れのつらさを軽減するには二つの方法がある。一つ目は深入りせず無関心で、情を持たないようにすること。好きでも嫌いでもない他人としてつきあえば、別れもなんてことはない。二つ目は悔いのないよう共に過ごす時間を大切にし、惜しみなく愛情を注ぐかだ。ここでも矛盾が生じる。気持ちをざわつかせず淡々と生きたいと望むくせに、あきらかにぼくは後者のタイプだ。ふとした拍子に、目の前の大切な人や、離れても大切な人や、足元でじゃれつく愛犬もいつかはいなくなるまぎれもない事実を想像し、うろたえる。後悔しないための努力なのか、思い立ったら吉日と会いたくなった人に会いに行き、極力、誘いは断らない。ずっと、ノストラダムスの大予言の一九九九年を生きているように、時間がないと焦っている。いつまでこうしていられるのだろうと、常に思う。

別々の生活があるぼくたちの別れは、どちらかの旅の終わりで、それがもう明日に迫っているということなのだった。

「もう、時間がないよ」

少し責める口調にもなる。最初から決まっていたことなのに、聞くのが怖かっただけだった。凪の海がいっきに大荒れになった気分だ。

「大丈夫、大丈夫」

「出たっ、根拠のない大丈夫」

「大丈夫だよー」

みさきさんは笑い、窓枠にもたれて外の景色を眺めた。ぼくは彼女がふっと消えてしまいやしないかと、不安になる。

「夜、なんして遊ぶ？」

振り向いて聞くので
「ゆんたく」

「いいね、いいね」

嬉しそうに言い、少しも寂しそうではないことがなんとなく腹立たしいけれど、顔には出さずにいた。

「メールたまっとるやろなぁ」

大げさにうんざり、といった顔をする。休み明けは仕方がない。

「たぶんね」

「めんどくさっ。ねぇ、一日に何回、この言葉、心の中でつぶやく？」

「そんな言葉、つぶやきません」

「うそばっか。ネクタイ緩めたくなるとき、絶対、そう思っとる」

断言する。図星だ。世の中の社会人、会社人は多かれ、少なかれ、そう思いながらも働いているはずだ。子どもの頃、よく聞かれた「大人になったら何になりたい？」の答えの仕事に就いている人は、そう多くない。そもそも、ぼくは何と答えていただろう？　したいことはたくさんあったが、実際なれる、なれないは別の話として、何かになりたいとは思わなかった。できれば、肩書きをもちたくなかった。いや、好きなことが、しなければいけないことになると、たちまち面倒くさくなることを恐れた。好きなことが仕事になっても、好きであり続けられるならば、幸せだろうが、そんな人は一握りだろうと思う。仕事を続けられているのは、それが逆だからかもしれない。しなければいけないことを、したいことに変換させる術を身につけ、自分に暗示をかけている。意外にぼくはそれが得意で、わりと機嫌よく今まで働いてこれた。たまに、変換がうまくいかないこともあるが、納得がいかないと直談判するほどの信念があるわけでもなく、指示通り期日までに完了させるのが、組織の中で働く、仕事というものだろう。

夜、ゆんたくした。近くの商店で缶ビール六缶とつまみを買い、部屋飲みをした。

「面倒くさいといえば、これ、これ」

風呂上がりに首にタオルをかけたまま、もつれたネックレスのチェーンをほどこうとして、さっきから苦戦している。

「はずして、そのままポケットに入れた？」

「うん」

素直に白状する。振ったり、引っ張ったりしながら
「もう、いっそ切っちゃおうか」

「気が短いなぁ、ちょっと、貸して」

受け取ったものの、実は一番苦手とする作業だった。ぼくは日々、もつれないように最大の努力をしている。他人とは争わない、揉めないスタンスは、なによりこじれたときの修復が面倒なだけだ。平和主義といえば、聞こえがいい。単に、面倒くさいだけだった。

やっぱり、だんご状になった鎖はほどけず、収拾がつかない。

「もう、切るしかなくない？」

「あきらめ早いなぁ、実は人に対してもそうやないと？」

先に自分が言ったくせに、遠慮なく痛いところを突く。相手との意思疎通が難しいと判断すると、早々に諦める。それを寛容で温厚と誤解されがちだが、単に関わることをやめ、静かに距離を置くだけだった。修復に躍起になることもせず、その程度の関係性に過ぎなかったただけだと、受け入れがやたらと早い自覚はあるのだ。

「来るもの拒まず、去るもの追わず。友好的だけど、あんまり人に対して関心ないし、期待や執着がないよね」

自分でもその両極端すぎる二面性に混乱するのだ。

「自分でもよくわからん。ビール取ってくる」

空の缶を捨てに行き、共同で使用の冷蔵庫を開けた。マジックで各自名前を書くルールになっている。よれて文字が判読しにくい買い物袋をピンと伸ばし確認すると、六缶中の三缶目と四缶目を手にし、部屋にもどった。

みさきさんはテーブルに離島のガイドブックを広げて見ていた。明日、帰るというのに……少し期待する。去るもの、追いたくなる。もう、一日延ばせば？　口には出せず、隣に座った。

「この島ね」

「うん、どこ？」

雑誌をのぞき込むと肩先が触れるくらいの、ヤマアラシが見つけた心地よい距離感。ぼくたちは行ったことのある島の感想や、行きたい島の情報を交換した。例えば、黒島は人口よりも牛口が多いだとか、与那国島の謎の海底遺跡や鳥くらいのデカいアヤミハビルという蛾がいるだとか、波照間島には日本最南端の自動販売機の表示があるだとか、小浜島には野生化した孔雀がその辺にいるだとか……そんな話だ。

そして今いる西表島の話……

「サガリバナは見に行った？」

「ううん、夜に咲いて朝に散る花だよね」

しきりに行くように勧めてくる。夜が明ける前に、まだ暗いマングローブの川をカヌーで漕ぎ出す。本流から支流に入り込むと、甘い香りと蜂の羽音。そして、ポタリと花が川面に落ちる音。川面をゆっくりと流れるサガリバナの風景は、それはそれは幻想的だと身振り手振りで話してくれた。梅雨明けの六月末から七月にかけてだというから、ちょうど今ごろだ。

「どうして、行こうって言わんかったと？」

少し考えて
「行きたいけど、行かん選択もいいかなと思って」

相変わらず謎めいたことを言い、ぼくには明日にでも行くようにとしきりに勧める。

「どうせ行くんなら、一緒に行けばよかったよ」

そんな本音を重くならないよう、サラリと言う苦労を彼女は知らない。帰るの、一日延ばせば？ 言いたい衝動にかられる。

少し酔いがまわったのか、みさきさんは「大丈夫」と笑いながら、的外れな返事をした。やんわり断られたのか、なにか別の意味があるのかわかりかねたけど、追及はしなかった。ぼくの発言には微塵の社交辞令が含まれないことを誰よりも理解してくれているはずの彼女の「大丈夫」は、少し期待をする。明日、飛行機の便によっては、少し無理すれば行けないこともない。午後の便なら間に合う。

「明日、飛行機何時だっけ？」

何気ない口調で探る。

「えっと、十一時前やったかな」

すぐさま逆算するが、西表島を一便の船で八時前には出なければ不安な時間だ。石垣の港から空港までそこそこ時間がかかるし、搭乗手続きや荷物検査を考えると十時には着いておきたい。サガリバナを見に行くには、時間がなかった。

秘かに落胆しているぼくの肩をパシパシ叩き

「あとからなー」

と、相変わらず笑顔で言う。

「なんが？」

聞き返してみたが、返事はなく、眠そうにしている。十二時前だというのにお開きにした。もう、残された時間はないというのに……

「おやすみ」

「うん、おやすみ」

素直に返事をしてしまったことに内心うろたえたが、何も言われなかった。

部屋を出ると、冷蔵庫からもう一本ビールを出し、屋上に行った。洗濯ロープに宿泊客が各自で干したタオルや水着が風で揺れている。電灯の近くでヤールーが虫を狙っていた。山の方から、たぶんコノハズクの鳴き声が聞こえてくる。

プルタブにに指を掛けて引くと、飲み口に泡があふれてきた。あふれるにまかせて、しばらく待つ。屋上にはスタンド式のハンモックがあり、そこに腰をかけてビールを飲む。「大丈夫」も「あとからなー」の意味もわからないまま、ついでに劇的に何事もないまま、島の夜は更けていく。

「ちゃんと、歯磨き行けたかな？」

そんな心配をしながら、ハンモックに横になった。

「すげー」

思わずつぶやいた。四十代の言葉としては、ふさわしくないか……いや、思考段階ではこんなもんで、いつも発言時によそよそしい社会人言葉に変換させているだけだ。ハンモックに揺られながら、左右に動く星を眺めた。ハンモックの動きが止まり、しばらくそのまま、じっとしていると、長く尾を引くように星が流れた。そう、そんなに多くは望んでいない。

「死にませんように」

かなさんどーの人や動物たち。こんな地球、こんな世の中でその祈りはもしかして、宝くじが当たりますように以上に、欲張りなのかもしれないと、我にかえる。考えてみれば、無茶な願いだ。命あるものすべて、終わりがある。とにかく、それがずっと先であることを願っている。理不尽に奪われることがないよう、祈っている。

生きているだけで丸儲けという言葉に救われる。子どもの頃、転んですりむいた膝小僧を抱えて泣きじゃくっていると、だれかが「大丈夫、死にゃあせん」と言った。子どもながらに、深く納得した記憶がある。死ななければこんなかすり傷、たいしたことではない。時間が経てばかさぶたになり、ポロリと落ちて完治する。多少傷跡が残る程度だ。自己満足にさえ仕事が進まないときや、仕事でしくじってひどく落ち込んだり、なにもかもなげだしたいほど嫌なことがあったり、人に裏切られたりしたとしても、まず、死ぬことはないと思うとなんとか乗り越えられる。なんくるないさー、大丈夫。そういえば、ぼく自身の、根拠のない口癖だった。分身は眠りについただろうか。さっきのみさきさんの「大丈夫」は、元気でいればいつか一緒にサガリバナを見に行けるよ、の意味ととってよさそうだ。

「大丈夫」の解釈はこれでいいとして、「あとからなー」はどういうことだろうかと、首を傾げる。どこかで聞いた気もするのだ。たぶん島で。

体を起こして、ハンモックに腰かけると、ぬるくなった残りのビールを流し込んだ。その角度で、山際に流れ星が見えた。深い森の中、夜行性動物は動き回り、昼間動いていた動物は眠りについている。

「死にませんように」

そうつぶやいて、何度か頷く。結局、この言葉は「愛おしい」と同じ意味のようだ。

翌朝、ぼくは港まで彼女を見送った。さすがに、目覚ましをかけずに眠ってしまったせいで、朝日は見に行けず、七時頃、宿泊客が行動を始める気配で起き出したようだ。ぼくは、あと二日の猶予がある。万が一、みさきさんが寝過ごして船に乗れなかったとしたら、それはそれで、ぼくにとっては幸運かもしれない。しかし、同じ会社員として、そんな欠勤は許されないことは重々承知だ。例えば、台風での船や飛行機の欠航という不可抗力な理由だったとしても、予測や対応が甘かったとしか思われない。それは避けるべきなので、もしも起きてこなかったら、起こすつもりで七時に目覚ましをかけていた。

洗面所で会って「おはよ」と言った。ぼくは港まで送る気でいたし、彼女もそう思っている。

「昨日も、流れ星がすごかったよ」

「えー、あれから、屋上にでも行ったと？」

そう聞いて、思い出したようだ。

「あ、タオル、干しっぱなしだ」

慌てて、洗面所の横の扉から、外へ出て行った。バタバタと帰り支度をする後ろ姿を、もはや引き止められない。ぼくたちはどうしたって、あの枠の中に戻らなければならないのだ。

彼女は宿代を払い、ぼくは延泊を申し出た。宿の人は予約表も見ずに承諾してくれ、これがよく遭遇するダブルブッキングの原因だなと、確信する。何度か、予約したのに部屋がない事態に遭遇し、笑うしかなかった。いつかは「部屋がないから、おばぁの家さぁ」と、どうみても民宿ではない一般宅に連れていかれ、ご先祖さまの写真が飾られた部屋に泊められたこともある。ナイチなら、大問題だろうなと思う。だから、ぼくらは島に行きたくなるのだろう。おおらかさやゆるさが懐かしくなる。

デンサーターミナルは石垣に戻る観光客や旅人が集まり始めていた。ターミナル内の売店で、アイスコーヒーを買い、列の後に並んだ。時間はわずかしかなく、何か言いたいのに、何も思いつかない。

「あとからなー」

お気に入りの言葉のように、昨晩の謎の言葉を口にする。思い出した。前に石垣島でお世話になったインストラクターが、宿に送ってくれてその帰り際の言葉だ。今から、帰らなければならないのに、あとから会う約束もしてないのに不思議だった。ぼくはみさきさんの解説を待った。

「前にね、島人に聞いたと。離島は中学校までしかないから、高校に行くにしろ、就職するにしろ、中学卒業すると、島を出て行くって。みんな兄弟のように育ってるんで、別れるとき哀しくてつらくてたまらんから、とてもじゃないけど、さよならとか言いきらん。だから、あとからなー、またあとでーって別れるんだって。さよならのうちなーぐち。少し淋しくなる気がせん？」

なんとなく期待する。また、すぐに会えそうだ。社交辞令がわからず、文面通りにとりがちなぼくは、すぐに信じるのだ。そして、彼女の「大丈夫」は、人との出会いや再会は偶然ではなく必然なので、別れもそれほど悲観しなくてもよいそうだ。必然だから、二十年も

経って、再会したとのことで
「続く縁であればずっと続くし、続かない縁ならそれだけの縁だったってことだから、疎遠になったとしても悲観する必要ないよね」

言われてみればそうだった。続く縁だったらしい友だちは、今でも、離れていても、友だちだ。

「また、二十年後に会うっていったら、還暦過ぎ？」

顔を見合わせて笑った。

「想像した？」

「うん、赤いちゃんちゃんこの代わりに、赤いライフジャケットでサガリバナ見に行く？」

気の長い話だ。そんなに待てるかな。この船を見送った瞬間から、会いたくなるかもしれない。

「そうそう、もちろんカヌーを自分で漕いでね。お互い元気でおらんとね」

列が動く。石垣島から着いた高速船から降りる人と入れ替わりで、石垣に戻る人が乗り込んでいく。

「また、あとから……」

みさきさんに倣って口にだしてみると、なるほど、少しだけ淋しさもやわらぐ。

「うん、あとからなー」

その何気ない「うん」を約束と信じたい。乗船券の半券を受け取りながら、手を振った。果たして、続く縁の人だろうか……そうあって欲しいと願う。

「あ、そうそう、良くんにもこれあげる」

ポケットから取り出した紙袋は竹富島で買っていた、ミンサー織りのお守りのはずだ。

そのとき、見送る人たちがざわついていて、指をさす方を見ると、防波堤を青年が三人走っていた。こちらに向かって手を振りながら、そのまま海にダイブした。水しぶきがあがり、周りから歓声と笑い声があがった。海の中で立ち泳ぎをしながら、手を振っている。デッキで見ていた女の子も、泣き笑いしながら手を振っている。格好からして観光客で、島の滞在中に世話になった民宿のスタッフか、島あそびのインストラクターが見送りに来たと推測できる。いちゃりばちょーでーの出会いを大事にする島ならではの光景だった。

みさきさんは座席につき、塩で白く汚れた窓越しに、海を指さす。ぼくは首を横に振って、断った。彼女は笑顔だった。たぶん、いつものようにケラケラと笑っている。もう耳には届かない「あとからなー」を聞き、ぼくも笑顔で頷いた。

ひとりぼっちになり、元々のひとり旅にもどっただけなのに、なにか手持ち無沙汰だ。とりあえず、また自転車を借りあてもなく島を走り回った。坂を登りきると、パイナップル畑の向こうに、鳩間島が見える。その間に見えるのはサンゴのかけらだけでできたバラス島。その景色を右に見ながら、坂を下ると星砂の浜がある。内海になっているので波もなく、家族連れの海水浴客が多い。

そろそろ、帰り着いた頃だろうか……空港から途中のバスの中くらいかなと、時計を見ながら計算する。帰り着いてまずすることは、洗濯をしながらお土産の仕分けと、明日からの仕事の準備と覚悟。不在時、何事もなかったことを祈りながら、出勤しなければならない。メールも溜まっているはずだ。慢性五月病の命の薬《ぬちぐすい》が、島旅だと笑っていた。

上原に戻り、その日のうちに自転車を返却する。昨日行った食堂に入ると今日はひとりか、けんか別れでもしたんじゃないかと遠慮せずに心配された。いまどき、小指を立てられても、ピンとこない。いやいや、そんなんじゃないんですよ、たまたま石垣島の居酒屋で出会っただけで……島ではこういうのいちゃりばちょーでーっていうんですかね？　あ、でも、また会いたいな、会えるといいなとか思ったりもしていて……酔いも手伝い、そんな本音をちょっと誰かに聞いてもらいたくて、ぼくは話した。大将は三線を手にし、十九の春を意味ありげに歌いだしたので、だから、そんなんじゃないんですよと、否定しながら、「私があなたに惚れたのはちょうど十九の春でした」の唄いだしに、そういえば水族館で出会ったのは、大学二年の十九歳だったかと思いだした。秋だったけど……いやいや、そんなんじゃなくて……何だ？

夕食をすませると、宿に戻った。冷蔵庫に一本だけ残っていたビールを思い出し、それを手にして屋上に行き、ハンモックに腰かけて、ビールを片手に後ろポケットから、スマホを取り出した。ラインではなく、メール。着信はない。少し不服に思うのは、勝手な感情の押しつけだと思う。気になるのなら、自分から連絡すればいいだけだ。ぼくはなんのてらいもかけひきもない犬のシッポをうらやましがる。忙しいのかも、疲れて眠っているのかもと気も使う。見送った船が見えなくなった瞬間、プッツリ切れた縁なのかも……それはそれで仕方がない……いや、あとからなーと約束したのに？ え、これも社交辞令？ あーもう、面倒くさいな。自分自身に八つ当たりをする。

星砂の浜での夕日の写真と「無事、帰り着いた？」のメッセージを送るだけでいいのに。ぼくはしばし画面を見つめ、時間切れで画面が暗くなると、少しホッとしたように、カバーを閉じ、残り半分のビールを飲み干すと、おとなしく部屋にもどった。明日は四時起きだ。

翌朝……と言ってもまだ真っ暗な中、ワゴン車で宿まで迎えに来てくれた。今日は髭を剃らなかった。早朝ツアーは遊覧船かカヌーレンタルで、浦内川《うらうちがわ》にサガリバナを見に行く。宇多良炭鉱跡への山道沿いの川で、両岸がヒルギやヘゴやシダ植物が生い茂る深いジャングルになっている。遊覧船で川面に浮かぶサガリバナを見ることもできるが、カヌーを借りれば、散り際のサガリバナをさらに近くで見ることができる。オールを操りながら、降るような星空を仰ぎ、やがてしらじらと夜が明けるのを待つ。鳥たちも目覚め、マングローブの川は賑やかになる。キョロロロロとリュウキュウアカショウビンが鳴く。声は何度も聞いた神の使いともいわれる鳥。会いたいなぁと思った瞬間、目の前を赤褐色の鳥が横切った。なるほど、カワセミ科の姿で、太めの嘴が真っ赤だった。なんか、いいことあるかな……いいことあったな。ここ数日、楽しかった。それでいい……うん。

支流に入り込むと川幅が狭まり、木が低く枝を張っているので、うまく避けながら進んでいった。後ろを見ると、水すましのように同じところをクルクル回ったり、枝にぶつかって右往左往しているツアー客の救助にインストラクターは忙しそうだ。先に行っていいと合図をくれたので、そのまま進んで行った。

川面をゆっくりと白いフワフワした花が流れていく。先に進むと、甘い香りが漂ってきた。蝶が舞い、蜂の羽音がする。垂れ下がった枝にいくつもの花と、丸いつぼみがついている。花は四枚の花弁に無数のおしべからなり、イソギンチャクの触手みたいにも見える。おしべの根元が少しピンクがかっていて、見たことのない不思議な花だった。インストラクターは手こずっているのか、なかなか来ない。その空間をひとり占めだった。

ポタン……。ポタン……

微かな蜂の羽音をかき消すように、思いがけず大きな音で花が川面に着水する。一夜だけ咲き、朝にはこうして散っていくのだ。スマホの画面を見ると圏外で、それはそれで今一番いたい場所だと確認でき、満足する。ここまでは文明の利器も追いかけてこれないようだ。

ぼくは溜まったメールや仕事に辟易しているみさきさんを想像した。明日は我が身だ。

「このごろ、充電がもたんとよね。すぐ、薬が切れる」

と、なんだかアブナイ発言をし、ぼやいていた。たぶん、四十にして惑い……のせいだ。

このままで、いいのかと疑問が頭をもたげる年代。会社生活半ばとなり、職場での立ち位置や、この後の人生をどう生きるべきかを考えると、焦りと不安に苛《さいな》まれる。まだ、心身とも元気で動けるうちに、やりたいことをやるべきではないかと思い悩む。逆に出世欲があり、上昇志向の同僚のほうが、迷いがないように見える。ぼくらのように、会社員として適正に欠くんじゃないかと自問し、どうもすわりが悪い感じで今に至っているタイプはどこか中途半端なのだった。かといって、この花のように潔くなにもかも手放すこともできずに、悶々と過ごせば、充電も長くもたない。そう、人生そんなものだ。

ぼくはオールを漕ぐ手を止め、空を見上げた。上昇気流に身をまかせ、アヤパニが舞っている。ふぅ……と息をつく。なんくるないさぁとつぶやいた。とりあえず、今回の充電は完了したことにする。

島から戻ると、案の定、仕事はたまりにたまっていた。フル充電のつもりが、すぐに残量が少なくなった。

そして、かなり迷って、一度だけ「元気？」とメールを送った。元気そうな返事が来たけど、それっきり半年が経つ。こっちが想うほど、相手はそうでもないことはよくあることだ。それはどうしようもないし、仕方がない。そう思いつつも、半年の間、常に着信が気になっていた。でも、もう自分からはしない。去るもの追わず……の美学。いや、もし、返信が来なかったらが、怖いだけだった。いずれにせよ、あれから半年は経ち、充電切れが近い。泳ぎ疲れて、溺れそうだ。そろそろ島に行く時期だと、ネクタイを緩める。

久しぶりに実家に帰ると、玄関に愛犬が飛び出してきた。足元をクルクル回り、ちぎれそうなほどシッポを振り、寝っ転がってお腹を見せる。年に数回しか帰省しない家族を忘れず、大歓迎をする。

「うん、わかった、わかった」

体当たりを受け止めながら、何がわかったというのだろうと自問する。出し惜しみをすることもなくまっすぐに好きを伝えてくる犬に対して、ぼくは伝えきれているだろうか？

「コロは本当にお兄ちゃんが好きね」

家族もあきれぎみに見ているが、うちにきたばかりの頃は子犬だったコロもずいぶん、年をとり、人間の年に換算するとぼくをいつしか追い抜いた。あとどれくらいの時間が残されているのだろう。あと、何度会えるのだろう。

「かなさんどー」

ギュウと抱きしめる。コロはペロペロと顔を舐《な》めてきた。もしかしたら、コロはとっくの昔から知っているのかもしれない。自分が無条件で愛されていることを。微塵も疑っていないから、安心しきっているのかも。

スマホの着信ＬＥＤが点滅した。光の色から、ラインではなくメールだと判断する。この頃は、友人、職場関係もほぼラインのやりとりで、メールの人は限られている。たいていは居酒屋やショップのお知らせで、開きもせずに削除する。限られたメールのやりとりの人の中に、その人はいる。さんづけで登録していたその名前が目に飛び込んできた。ラインの緑ではなく青の着信ＬＥＤであったことで、少しだけ期待していた。でも、喜び勇んでは格好良くない。そう思って苦笑する。ぼくはこの瞬間をどれだけ待ち望んでいただろう。なのに、人間はいろいろ面倒くさくて、照れなのか見栄なのか、嬉しいという感情を素直に表現できないのは、なぜだろう。ぼくはゆっくりと封筒を開封するように、受信を押した。

件名は「はいたい」と沖縄の挨拶で、添付写真が数枚あるようだ。ちなみによく知られている「はいさい」は男性が使い、「はいたい」は女性が使う。ボーダーレス化で、いずれ曖昧になっていくのかもしれない。

ブーゲンビリア、赤瓦の上のシーサー、白い砂浜に美ら海……半年ぶりに思い出したかのように今ごろ？　文章はない。

でも、その景色の中にいたのは確かで、あの暑さや波の音、風の感触、目にしたものすべて、交わした言葉、感情、鮮やかに思い出された。

再度、青のＬＥＤが点滅した。受信ボックスを開くと無題。写真は追加であるようだ。「あ、おばぁ」

竹富島のおばぁが日焼けした顔をくしゃくしゃにして笑っている。こんな写真撮ったっけ？

次の写真はキツネ色ではなくこげ茶色に揚がっている不格好なサーターアンダギーだった。それを手にして笑っているのはまぎれもなく

「みさきさん？」

そして一行だけの文章。「ゆいまーる　うにげーさびら　ゆたしく」

しばらく考える。うちなーぐちを訳すのに多少時間がかかるのだ。そして、笑いがこみあげてきた。愉快で爽快だ。長袖のシャツを腕まくりしている。半年前は半袖だった。

彼女はついに、枠を乗り越えたらしい。その上、またぼくを巻きぞえにしようとしている。お願いします、よろしくの依頼はとんでもなく、無謀でかつ、魅力的だ。

ゆいまーる　沖縄に根付く損得抜きの助けあい精神。その不格好で売り物にもならなそうなサーターアンダギーを見せつけて、つまり、みさきさんは協力を求めているのだった。誘いは断らないほうだ。ましてや彼女の誘いとあれば、好奇心をそそられる。

アカショウビンが島に渡って来るころ、まずは一緒にサガリバナを見に行こう。

〈著者紹介〉

池田浩子（いけだ　ひろこ）

1966年宮崎県延岡市生まれ。

著書　2000年『のら犬のクラスメイト』（ハート出版）
2001年『真昼の花火とオールディーズ』（ぶんりき文庫）
2003年『いつかもどる日のために』（鳥影社）
2006年『美《ちゅ》ら海、今までも今からも』（鳥影社）
2008年『うちの子　野子』（鳥影社）

リュウキュウアカショウビンが鳴くころに

定価（本体1300円+税）

乱丁・落丁はお取り替えします。

2021年11月 6日初版第1刷印刷
2021年11月12日初版第1刷発行
著　者　池田浩子
発行者　百瀬精一
発行所　鳥影社 (www.choeisha.com)
〒160-0023 東京都新宿区西新宿3-5-12トーカン新宿7F
電話 03-5948-6470, FAX 0120-586-771
〒392-0012 長野県諏訪市四賀229-1(本社・編集室)
電話 0266-53-2903, FAX 0266-58-6771
印刷・製本　シナノ印刷

ISBN978-4-86265-926-2　C0093